CONTENTS

동쪽의 제왕 ◀이스트 로드▶
세계 최강의 마왕

서쪽의 제왕 ◀웨스트 로드▶
세계 최속의 마왕

남쪽의 제왕 ◀사우스 로드▶
세계 최열의 마왕

애쉬 아크발드

「나는 너를 믿어」

누아르

유적에 봉인된
마왕들과의 격전이 시작된다!!

북쪽의 제왕 ◀노스 로드▶
세계 최경의 마왕

페르미나 하미쉬

에파 에파엘

※ 본문에는 없는 단순한 서비스 신입니다.
모쪼록 편하게 즐겨 주세요.

지나치게 노력한 **세계최강**의 **무투가**는
마법 세계를 **여유**롭게 살아간다

3

저자 Wankosoba
왕코소바

ill Ninomotonino
니노모토니노

서막 그건 지팡이입니까? →

그날 밤——.

마을의 한 술집에서 용자 일행 셋은 상의를 하는 중이었다.

숙소에서 상의를 시작했지만 생각처럼 아이디어가 나오지 않아 술의 힘을 빌리기로 한 것이다.

거나하게 취하면 굳은 사고가 풀리고 명안이 떠오를지도 모른다. 그렇게 생각한 모리스는 필립과 콜론을 꾀어 오전부터 술을 마셨는데—— 결국 아이디어가 나오지 않은 채 밤을 맞이하고 말았다.

덤으로 요 1시간, 누구 하나 말을 하지 않았다. 머리를 너무 굴리는 바람에 지치고 만 것이다.

하지만 이대로 잠자코 있어도 문제는 해결되지 않는다. 그리고 용자 일행은 궁지에 빠졌을 때 비로소 진정한 힘을 발휘하는 법.

예전에 마왕군과 싸웠을 때와 마찬가지로, 이번에도 정신적으로 몰리고 몰려 극도로 피곤한 상태가 된 지금부터가 진정한 승부처다.

"이제부터 어떡할 셈이야?"

낼 방안은 모두 다 냈다는 듯이 머리를 싸매는 두 사람에게 모리스는 물음을 던졌다.

"……글쎄, 어떻게 한다."

"진짜, 어떡하면 좋을까……."

필립과 콜론은 심각한 표정으로 한숨을 쉰다.

용자 일행으로서 《어둠의 제왕》 다크 로드가 이끄는 마왕군과 싸웠을 때조차 약한 소리를 내지 않았던 두 사람이 포기의 경지에 이르러 있다. 거꾸로 말하면, 강대한 적에게 맞섰던 이 용자 일행이 아니라면 진작에 포기했을 일이다.

그만큼 힘든 난제를 세 사람은 안고 있다.

일의 발단은 필립과 애쉬의 약속이다──. 마왕 《어스 로드》를 해치운 포상으로 필립은 애쉬에게 『절대로 부서지지 않는 위저드 로드(마법 지팡이)』를 선물하기로 약속했다.

또 애쉬는 《땅의 제왕》 어스 로드를 무찌른 다음 《빛의 제왕》 라이트 로드, 《바람의 제왕》 윈드 로드, 《무지개의 제왕》 레인보우 로드를 해치우고 보란 듯이 세계를 구했다. 용자 일행 세 명의 오랜 근심이었던 《종말의 날》 라그나뢰크를 극복해 낸 것이다.

필립과의 약속이 없었다 하더라도 스승으로서 애쉬에게는 업적에 걸맞은 포상을 수여해야만 한다.

그런 이유로 모리스는 어떻게든 애쉬의 요망을 이뤄주고 싶었다.

하지만 작업은 난항을 겪고 있다.

왜냐면 애쉬는 세계최강의 무투가로, 지금은 너무나도 강해진 상태이기 때문이다.

일반적으로 위저드 로드는 나무로 만들어진다. 오래 사용하면 낡고 부러지는 일도 있지만 애쉬는 신품일지라도 간단히 부러뜨릴 것이다——. 가볍게 한 번 휘두르기만 해도 손잡이를 뺀 나머지 부분이 행방불명될지도 모른다.

그렇다면 쇠로 된 위저드 로드는 어떨까. 그렇게도 생각해 봤지만 애쉬의 손에 걸리면 마찰열로 인해 흐물흐물 녹을 것이 눈에 선하다.

그렇지만 위저드 로드는 룬을 그리기 위한 도구다. 지팡이 끝을 살짝 움직이기만 해도 되고, 세게 흔들 필요는 없다.

애쉬의 힘이 아무리 엄청나도 신중하게 다루면 부서질 일은 없다.

그러나 애쉬는 무투가이지만 마법을 누구보다도 사랑하는 자이다.

염원하는 마법사가 되었건만——『지팡이가 부서질지도 모른다』는 이유로 벌벌 떨면서 마법을 사용하게 되는 건 너무나도 가엽다.

스승으로서 애쉬가 안심하고 마법을 사용하길 바란다.

그리고 그러기 위해서는 『절대로 부서지지 않는 위저드 로드』가 필요 불가결하다. 사랑하는 제자의 행복한 얼굴을 보기 위해서도 모리스는 여기서 포기할 수 없었다.

"나와 필립과 콜론─── 셋이 힘을 합쳐 이루지 못할 일은 없어!"

어두운 분위기를 날려 버리기 위해서 모리스는 밝은 목소리로 힘차게 소리쳤다. 그러자 두 사람은 살짝 웃음을 띤다.

"자네 말이 맞네. 재료 찾기는 이제 막 시작됐고. 포기하기엔 너무 이르지."

"마, 맞아. 포기하지 않으면 어떻게든 될 거야."

의욕을 되찾은 두 사람을 향해 모리스는 환하게 웃는다.

"바로 그거야! 자아, 마음을 새로 먹고 『절대로 부서지지 않는 위저드 로드』의 재료를 생각해 보세!"

두 사람의 얼굴을 둘러보자, 콜론이 불쑥 말한다.

"예정대로 레드 드래곤의 비늘을 사용하면 어떨까? 가만히 있기보다 일단 실제로 시작품을 만들어 보는 편이 좋겠어."

"문제는 레드 드래곤의 비늘을 찾을 수 없다는 점이겠지만."

세계에서 가장 단단한 비늘을 가졌다는 레드 드래곤은 전설의 마물로 쉽사리 볼 수 없다. 그 비늘이 시장에 나도는 일은 극히 드물다.

모리스와 필립과 콜론 세 사람은 『마(魔)의 숲』에서 《빛의 제왕》의 습격을 받고, 그 후 애쉬와 헤어진 다음 지팡이 제작에 착수하고자 여러 가게를 돌았으나 레드 드래곤의 비늘은 보이지 않았다.

게다가 운 좋게 비늘을 발견하더라도 곧바로 다른 문제에 봉착하게 된다. 그 문제야말로 용자 일행을 괴롭히는 가장 큰 요인이었다.

"무사히 비늘을 입수했다 쳐도, 애쉬는 열두 살 무렵에 레드 드래곤을 해치웠어. 그 비늘이 단단한 건 틀림없지만 『절대로 부서지지 않는다』고는 말하기 어려운 거 아닌가."

솔직히 말해서 모리스는 설마 애쉬가 이렇게까지 강해졌으리라고는 상상하지 않았다──마왕이 밀어닥치는 《종말의 날》을 타파하기에는 역부족이라고 생각해서 수행에 집중시키려고 위저드 로드를 사는 건 미루기로 했다.

레드 드래곤은 전설의 마물. 발견도 어렵고, 해치우기는 더욱 어렵다. 하지만 레드 드래곤을 해치우면 위저드 로드를 사 주겠다고 말했을 때, 애쉬는 『열두 살 때 해치웠어.』라고 놀라운 고백을 했다.

모리스는 위저드 로드 구입을 여하튼 미루기 위해 전설 속 전설의 마물, 하이퍼 레전드 몬스터를 꾸며냈다. 애쉬는 존재하지 않는 마물을 찾아 헤맸고, 그 순수한 모습에 가슴이 아팠던 모리스는 결국 모든 것을 털어놓기로 했다.

그 직후에 《어둠의 제왕》이 나타났고, 모리스는 애쉬가 자신의 상상을 아득히 넘는 힘을 소유했다는 사실을 깨달았다. 애쉬는 레드 드래곤의 비늘뿐 아니라 《어둠의 제왕》의 방어 결계(실드)를 쳐부수는 힘을 가진 것이다.

아무리 단단한 것을 만들더라도 애쉬의 손에 걸리면 산산조각 나고 말 것이다.

　"일부러 망가뜨리려고 하지 않는 한 부서지지 않을 거야."

　"콜론의 말대로야. 레드 드래곤제 위저드 로드가 튼튼한 것은 의심할 여지가 없으니까 말이지."

　"튼튼한 건 알고 있어. 하지만 애쉬의 요망은 『절대로 부서지지 않는 위저드 로드』니까."

　어중간하게 단단한 지팡이를 선물했다가 애쉬가 그것을 부숴 버린다면── 여리고 착한 애쉬는 스승들이 만들어 준 지팡이를 망가뜨렸다며 자신을 책망할 것이 틀림없다.

　기쁘게 해주기 위한 선물이 오히려 슬프게 만드는…… 그런 일은 용납할 수 없다.

　"나도 알지. 그러나 애쉬 군이 부수지 못하는 건 존재하지 않을 것 같은데."

　필립의 말이 맞다.

　애쉬는 좌우간 뭐든지 부순다. 필립이 말하기를 『절대로 부서지지 않는 투기장』을 외침만으로 파괴한 적도 있다고 한다. 아무리 단단한 위저드 로드를 만들더라도 부서질 것 같은 기분이 자꾸만 든다.

　그렇기에 세 사람의 작업은 더 나아가지 못하는 것이었다.

　"어떻게 한담……."

　"정말 어떻게 하지……."

그렇게 이야기가 출발점으로 되돌아오고, 모리스와 필립은 어떻게 할까로 골치를 썩인다. 바로 이때.

"……흙은 어때?"

콜론이 자신 없는 듯이 중얼거렸다.
"흙이라고?"
"흙을 어떻게 하려고?"
흥미진진하게 물어보자 프레셔에 약한 콜론은 주저하면서 말한다.
"흙을 압축하고, 강도를 다지고, 압축하고, 강도를 다지고——계속 반복해 보는 거야."
과연, 모리스는 감탄했다.
그 과정을 반복하면 언젠가는 레드 드래곤의 비늘 강도를 상회할 것이다. 게다가 소재가 흙이라면 당장에라도 위저드 로드 제작에 착수할 수 있다.
그렇다 해도 설마 지천에 널린 흙이 세계에서 가장 단단한 지팡이가 될 수 있을 줄이야. 등잔 밑이 어둡다는 말은 바로 이것을 두고 하는 말이겠다.
"잘 생각해 냈네, 콜론!"
"문득 떠오른 걸 말했을 뿐이야……."
콜론은 쑥스러운 듯이 볼을 붉힌다. 약사로서 센스가 유달리 뛰어난 콜론은 발상력 또한 우수하다.

역시 콜론이라며 치켜세우는데, 필립이 심각한 표정으로 말한다.

　"좋은 생각 같지만…… 문제는 말도 안 될 만큼 무거워질 거라는 점이지. 아무리 압축한다고 해도 한도가 있고, 얼마나 커질지 상상도 안 돼."

　"애쉬에 한해서 말하면 크기와 무게는 상관없어! 설령 첨탑과 같은 크기가 되더라도 문제없이 다룰 수 있을 테니!"

　"확실히 애쉬 군이라면 아무리 무거워도 번쩍 들 것 같아."

　"그렇지?!"

　달성할 수 없으리라 생각한 난제의 실마리가 보이자 세 사람의 마음에 희망이 깃든다.

　"흙을 재료로 한다면 만일을 위해서 방수 마법을 입히는 편이 좋겠군."

　"어느 정도의 사이즈가 될지는 모르겠지만, 아름다운 룬을 그릴 수 있도록 로드 끝은 뾰족하게 하는 편이 좋을 것 같아."

　"로드 표면에 멋진 문양을 새기면 애쉬는 기뻐해 줄 거야!"

　문제 해결의 실마리가 보이고 정신적으로 편해지자마자 잇달아 아이디어가 솟아난다.

　그리고 『절대로 부서지지 않는 위저드 로드』의 구상을 다진 용자 일행은 이왕이면 최고의 품질을 자랑하는 위저드 로드를 만들고 싶다며 의견을 일치시키고 극상의 흙을 찾는 여정에 나섰다.

그런 발상 아래 만들어지게 될 마법 지팡이가 그와 같은 말로를 겪게 되리라고는, 완전히 취해 있었던 이때의 세 사람은 생각지도 못했다——.

　장기 휴가 이틀째의 아침.

　나는 약속 장소인 교문으로 향하고 있었다.

　오늘은 페르미나 씨의 친가에 놀러 가기로 되어 있다.

　친구 집에 놀러 가는 건 이걸로 두 번째다. 지난번 에파의 친가
에 방문했을 때는 단순히 노는 게 목적이었지만 이번에는 다르
다.

　바로, 페르미나 씨의 친가에서 마법사가 되기 위한 단서를 찾
는 것이 목적이다!

　좌우간 페르미나 씨의 아버지는 마법 기사단의 부단장이니 말
이다. 마법 기사단은 엘리트다. 즉 그곳의 부단장이란 것은 엄
청나게 굉장한 마법사라는 얘기다. 도움이 되는 이야기를 들을
수 있을 것이 틀림없다.

　덤으로 페르미나 씨는 세계 최고봉의 교육 기관── 엘슈타
트 마법 학원의 특기생이다. 그것도 에파 같은 천재형이 아니라
노력해서 지금의 실력을 손에 넣은 사람.

　페르미나 씨의 친가에 가면 성장 과정을 알 수 있을 것이다. 예
를 들면 앨범을 보여 달라고 해서, 유소년기의 사진 중에 마력

획득의 단서가 찍힌 장면을 볼 수 있을지도 모른다.

그리고 페르미나 씨의 친가를 나선 다음에는 유적 순례를 할 생각이다. 솔직히 마력 획득의 단서를 찾을 가능성은 극히 낮지만, 세 살배기 아이가 되는 약을 먹었는데도 마력반(魔力斑), 스티겔은 끝내 깃들지 않았다.

그렇다. 지금의 나는 지푸라기라도 잡고 싶은 심정이다!

여하튼 연휴를 최대로 활용해 마법사가 되고야 말겠다. 그리고 신학기부터는 마법사로서 수업에 참가하고, 졸업할 때까지는 대마법사가 되고야 말겠다.

그리고 사용하리라, 무진장 화려한 마법을!

"좋——아, 하자! 해보자고!"

그렇게 의욕을 끓어 올리고 있는 사이에 교문 앞에 다다랐다.

거기에는 먼저 온 손님이 있었다.

푸른색을 띤 머리카락을 바람에 휘날리고 있는 저 여자는——.

"안녕, 누아르 씨! 오늘도 날씨가 좋다!"

"……! 넌 기운이 넘치는구나."

"그러는 누아르 씨는…… 피곤해?"

누아르 씨의 눈 밑에는 희미한 다크서클이 생겨 있었다.

"오랜만에 밤새웠거든."

요즘은 규칙적인 생활을 하고 있지만, 시험 전에는 매일 밤새워 공부하고 그랬었지.

옆에 딱 붙어서 공부를 가르쳐 줬기 때문에 누아르 씨가 얼마나 많이 노력했는가는 내가 가장 잘 안다. 열심히 공부한 보람도 있어서, 누아르 씨는 필기시험에서 역대 최고점수를 따 상급 클래스를 유지할 수 있었다.

그것을 구실로 어제 여자 기숙사에 있는 페르미나 씨의 방에서 파티가 열렸다. 나는 날짜가 바뀌기 전에 돌아갔지만…….

"밤새웠다는 말은 동틀 때까지 파티를 했단 얘기야?"

"그랬지. 샤워하고 나서 쭉 여기에 있는 중이야. 늦잠 자면 큰일이니까."

어쩐지 졸려 보이더라니. 지금도 머리를 흔들거리고 있고, 이거 갑자기 쓰러지지 않을까 걱정되는데……. 가만, 그러고 보니 그게 있었다.

나는 배낭에서 병을 꺼냈다.

"이거 마실래?"

"그게 뭔데?"

"기력약이야."

"기력약……. 들은 적 있어."

이름은 들은 적이 있는 모양이지만 효과는 떠오르지 않나 보다. 누아르 씨는 곧잘 잊어버리는 사람이기 때문이다.

하지만 그건 누아르 씨 잘못이 아니다.

극히 일부의 사람밖에 모르지만…… 나와 누아르 씨는 전생 경험자다. 그리고 누아르 씨의 전생은 마왕 아이스 로드, 《얼음의 제왕》이었다.

하지만 《얼음의 제왕》으로서의 기억은 린글란트 씨에 의해 말소되었다. 그 후유증으로 누아르 씨는 기억력이 나빠진 것이다.

"생각이 안 나. 정답은 뭐야?"

"피로와 졸음을 날려 버리는 약이야."

"지금의 나한테 딱이야. ……받아도 될까?"

"물론이지. 이런 일도 있을까 싶어서 가져온 약이니까. 앗, 그래도 시큼하니까 주의해."

누아르 씨는 기력약을 받은 다음 홀짝홀짝 마시면서 내 배낭을 물끄러미 본다.

"1박 2일 치고는 짐이 많네."

"휴가 중에 가고 싶은 장소가 있거든. 며칠이 걸릴지 모르니까 충분히 짐을 꾸려 왔어."

가고 싶은 곳이라는 건 유적이다. 유적 순례를 아주 좋아하는 큐르 씨가 말하길, 대륙의 『최동단』 『최서단』 『최남단』 『최북단』 유적에는 어떤 비석이 남겨져 있는 것 같고——.

그 비석에는 현대에는 없는 지식이 기록되어 있다는 모양이다.

증거로서 큐르 씨는 비석을 해독해서 완전히 새로운 마법을 사용할 수 있게 되었다.

즉 비석을 해독한다면 마력 획득의 단서를 찾을 수 있을지도 모른다. 그리고 비석을 남긴 《얼음의 제왕》의 전생체—— 누아르 씨라면 술술 읽을 수 있을지도 모른다.

뭐, 린글란트 씨가 기억을 지워서 비석을 읽을 수 있을지 어떨지는 실제로 가 보지 않으면 알 수 없지만.

여하튼 누아르 씨만 협력해 준다면 시도해 볼 가치는 있다는 얘기다.

"언제쯤 학원에 돌아올 거야?"

"2주 정도 지나서?"

모든 유적을 돌면 시간이 너무 많이 걸리므로 우선 가장 가까운 최북단 유적에 가 볼 예정이다.

"그래……."

누아르 씨는 섭섭한 듯이 눈을 내리깔았다. 횟술을 마시는 것처럼 기력약을 쭉 들이켜고 취한 듯이 눈을 꽉 감는다.

누아르 씨가 정말로 섭섭한 거라면 지금 당장에라도 같이 유적 순례를 가자고 하고 싶다.

하지만 같이 유적 순례를 가자고 하기 전에 전생에 대해 털어놓지 않으면 안 된다. 그러지 않으면 비석을 해독했을 때, 누아르 씨는 『왜 읽을 수 있는 거지?』 하고 당황할 테니.

다만 그건 여기서 선 채 전달할 만한 이야기는 아니니까, 차분하게 대화할 수 있는 장소에서 털어놓는 편이 좋을 것이다.

"안녀엉—! 외출하기 정말 좋은 날씨다, 그치!"

페르미나 씨가 빨간 포니테일을 흔들면서 뛰어왔다.

"안녕! 어제는 먹다 말고 돌아가서 미안해. 치우느라 힘들지 않았어?"

"뭘 그 정도로! 애쉬 군이 워낙 반듯하게 먹어서 하나도 어질러지지 않았어! 그보다 배는 괜찮아?"

"괜찮아. 페르미나 씨가 만든 요리, 정말로 맛있었어."

어제는 페르미나 씨가 직접 만든 요리를 대접해 주었다.

"진짜? 다행이다——. 애쉬 군, 어제 아주 많이 먹어서 배는 괜찮을까 걱정했었어! 그렇게 마음에 들었다면 또 만들어 줄게!"

"나도 또 먹고 싶어."

"응! 누아한테도 많이 만들어 줄게! 또 같이 파티하자!"

환하게 웃으며 그렇게 말한 다음 페르미나 씨는 두리번두리번 주위를 둘러보았다.

"그런데 에파는?"

"페르미나 씨랑 같이 있는 거 아니었어?"

"아냐. 파티는 3시간쯤 전에 끝났거든. 끝나고 에파는 바로 자기 방에 돌아갔어."

"그러면 자고 있을지도 모르겠군."

"그러게. 나도 졸린걸."

"페르미나 씨, 안 잤어?"

"응. 샤워했더니 잠이 깨버려서. 그런데 서서히 졸음이 몰려오기 시작했어!"

졸음이 몰려오기 시작했다고는 생각되지 않는 텐션이지만 눈 밑에 다크서클이 있다.

페르미나 씨는 늘 하이 텐션이긴 하지만, 오늘에 한해서는 일부러 소리를 팍팍 질러 졸음을 날려 버리려는 걸지도 모르겠다.

"기력약, 다 마셨어. 애쉬, 하나 더 없어?"

"그건 저번 승급 시험 때 만든 거라서, 방금 마신 게 마지막 하나야."

　내가 만든 약이지만 100점짜리였으니 말이다. 팔아도 손색이 없는 물건이라 누아르 씨에게 먹인 거다.

　"매점에서 구할 수 있으니, 잠깐 뛰어갔다 올까?"

　"아니. 나라면 괜찮아! 이렇게 이야기했더니 잠이 깨기 시작했거든. 아, 그래도 한계가 오면 열차에서 자도 될까? 흔들리는 열차 안에 있으면 졸릴 것 같아⋯⋯."

　"페르미나 씨의 친가는 르챠무에 있댔나?"

　"응. 정오쯤 도착할 거야."

　"그럼, 르챠무에 도착하면 깨울 테니까 자도록 해."

　어제는 아마 파티 준비로 정신없지 않았을까? 뒷정리까지 했을 테니 누구보다도 피곤할 것이다. 정오까지 자면 페르미나 씨도 조금은 개운해지리라.

　"애쉬 군은 안 졸려?"

　"난 어제 잘 잤어. 내 걱정은 안 해도 돼."

　"고마워! 진짜 살았어! 실은 이미 한계에 가깝거든! 열차에 타면 바로 잠들어 버릴 것 같아!"

　한계에 가깝다고는 생각되지 않는 텐션이지만⋯⋯ 분명 귀성이 기대돼서 그런 거겠지. 즐거워하는 페르미나 씨를 보고 있으니 나도 가슴이 두근거리기 시작했다!

　"애쉬 군, 왠지 되게 즐거워 보여! 우리 친가에 가는 게 그렇게 기대되는 거야?"

　"엄청 기대돼!"

"우와아, 기쁘다아! 고향에는 맛있는 불고기 가게가 많이 있으니까 안내해 줄게! 달리 하고 싶은 게 있으면 어려워 말고 말해 줘!"

"나, 페르미나 씨의 아버지와 아주 많이 이야기하고 싶어. 그리고 페르미나 씨의 옛날 사진도 있으면 보고 싶고."

"내 사진? 보여 줘도 상관없지만 재미없을 텐데?"

"재미없지 않아!"

어디에 마력 획득의 단서가 숨겨져 있을지 모르니까 말이다. 내게 있어 페르미나 씨의 사진은 보물 지도나 다름없다.

이를테면 사진 속의 페르미나 씨가 빈번하게 같은 주스를 마시고 있다고 하자, 어쩌면 그게 지금의 마력으로 이어졌을지도 모른다.

가능성으로는 극히 희박하나 지금의 나는 솔직히 궁지에 몰려 있다. 가능성이 조금이라도 있다면 매일 그 주스를 마실 테다!

"그렇게 보고 싶으면 보여 줄게!"

"고마워!"

이로써 내게도 스티겔이 깃들지도 모른다. 그렇게 생각하니 흥분되어 가만히 있을 수가 없다. 빨리 페르미나 씨네 집에 가고 싶다.

그런 생각이 끌어당긴 것인지, 한 금발 여자아이가 뛰어왔다.

"기다리게 해서 죄송함다!"

내 제자이자 친구인 에파다.

"열차 시간은 괜찮습까?"

불안해 보이는 에파에게 페르미나 씨는 엄지를 척 세우고 빙그레 웃는다.

"여유 있게 세이프야!"

에파는 안심한 듯이 한숨을 쉰다.

그런 에파의 눈 밑에도 마찬가지로 다크서클이 있었다.

"에파도 졸리면 열차에서 자도 돼."

"고맙습다! 바로 아까까지 훈련하고 오느라 체력이 한계에 다다른 상태라서요."

"훈련했었어?"

영락없이 잤을 거라고 생각했는데.

"했습다! 너무 집중했는지 어느샌가 집합 시간이 코앞이지 뭐임까! 그래서 샤워할 시간이 없어서⋯⋯. 저, 땀 냄새가 나지 않습까?"

에파가 조심스럽게 묻는다.

"안 나는데."

"진짜임까?"

"진짜로. 그리고 난 땀 냄새 좋아해. 땀은 노력의 결정이니까 말이지! 내 지시대로 잘 수행하고 있다니 기특한걸."

"스승님⋯⋯! 저, 노력의 결정을 더 많이 흘리겠습다! 그리고 스승님 같은 무투가가 되고야 말겠습다!"

"나도 에파 같은 마법사가 되고야 말겠어!"

"그러면 에파도 왔고 출발하자! 가벼운 달리기로 이동해서 다 같이 노력의 결정을 흘려 볼까!"

"찬성임다!"

"달릴래."

그렇게 우리는 가벼운 뜀걸음으로 열차 승강장까지 향했다.

◆

열차 안에서 흔들리길 4시간──.

"도차──악!"

우리는 르챠무에 당도했다.

역 앞에는 많은 노점이 줄지어서 다양한 음식과 장식품 따위를 팔고 있었다.

바로 조금 전까지 숙면을 취하던 세 사람은 너무나도 요란한 역 앞 풍경에 잠이 싹 달아났나 보다.

눈을 동그랗게 뜨고 흥분한 모습으로 말을 나누고 있다.

"되게 시끌시끌함다!"

"축제일인가?"

"늘 이런 느낌이야! 저기 보여? 저 집 꼬치구이가 아주 맛있거든!"

"배고파."

"저도 배고픔다!"

"그치?! 도시락 먹으려고 했었는데 푹 자버렸으니까 말이야!

애쉬 군은 점심 이미 먹었어?"

"안 먹었어."

에파가 내게 기대고 자는 바람에. 하지만 기분 좋은 듯이 자고 있었고, 몸을 움직이면 깰 것 같아서 꼼짝할 수 없었다.

"그럼 우리 집에 짐 내려놓고 밥 먹으러 가자!"

"찬성임다!"

"그러면, 집을 향해 렛츠고!"

"페르미나 씨 집은 가까워?"

"응. 걸어서 15분 정도? 이쪽이야!"

신이 난 발걸음의 페르미나 씨를 뒤쫓아서 우리는 돌바닥 길을 걸었다.

"저, 저기, 애쉬 씨 맞으세요……?"

그때 중학생 정도 되는 여자아이가 나를 불러 세웠다.

"그런데요…….'"

긍정하자 여자아이가 만면의 미소를 짓는다.

"역시 애쉬 씨였어! 옷을 입고 있어서 못 알아봤어요!"

마치 내가 항상 벗고 다닌다는 투다.

하지만 오해하는 것도 무리는 아니다. 이 아이는 『마왕 방송』으로만 나를 보았을 테니까.

3주쯤 전에 느닷없이 시작된 마왕 게임은, 마왕의 마법으로 전국에 방송되었다. 그러나 《무지개의 제왕》을 해치운 순간에 방송은 중단됐다── 내가 옷을 입기 전에 중단된 것이다.

그런 이유로 전 세계 사람들은 이 소녀와 같은 오해를 하고 있는 것이다.

　——『애쉬는 몸이 커지기도 하고 작아지기도 한다.』라든가.
　——『애쉬는 여장을 아주 좋아한다.』라든가.
　——『애쉬는 여자아이의 속옷을 입고 있다.』라든가.

　그리고 나는 그 오해들을 기꺼이 받아들였다.
　왜냐면 부끄럽기 때문이다.
　그리고 이 부끄러움을 극복함으로써 정신적으로 성장하고,
이는 곧 마력 획득으로 이어진다는 말씀!
　"저, 마왕과의 싸움을 보고 팬이 됐어요! 같은 반 애들도 굉장
했다고 했어요!"
　그 『굉장했다』가 『굉장한 꼴을 하고 있었다』라는 의미인지 어
떤지는 제쳐놓고, 이렇게 호의를 모을 수 있다는 건 기쁜 일이
다.
　"괜찮다면 악수해 주실래요?"
　"좋아요."
　손을 망가뜨리지 않도록 살며시 악수한다.
　"와아, 감사합니다! 그리고 여기에 사인해 주실래요?"
　바스락거리며 귀여운 스트랩이 달린 가방에서 꺼낸 것은, 동
물 그림이 프린트된 팬티였다.
　마왕과 전투할 때 입고 있었던 동물 그림이 프린트된 팬티는
『입으면 강해진다!』라는 광고 문구와 함께 판매되었고, 금세

남녀노소에게 사랑받는 아이템이 되었다.

"좋아요."

이전까지는 생각할 수 없는 일이지만 지금의 나는 팬티에 사인하는 데 완전히 익숙해져 있었다. 통산 300장은 팬티에 이름을 썼으니까!

"감사합니다. 이거, 소중히 간직할게요!"

보물인 양 팬티를 꼭 가슴에 품고 여자아이는 종종걸음으로 사라졌다.

"애쉬 군, 인기 짱이다!"

"제자로서 자랑스럽슴다!"

이상한 취미를 가졌다고 오해받고 있는 나를 자랑스럽게 생각해 주다니, 에파는 정말로 훌륭한 제자다.

"이쪽이야!"

페르미나 씨의 안내를 따라 큰길에서 좁은 길로 들어가고 잠시 걸어서 다른 길로 나가자, 이번에는 주택가가 나왔다. 길쭉한 2층 건물이 한 치의 틈도 없이 빼곡하게 늘어서 있다.

큰길과는 딴판으로 주택가에는 정적이 감돈다.

"뭔가 차분한 장소임다. 고향이 생각남다."

네무네시아 정도는 아니지만 확실히 조용한 곳이다. 이만큼 조용하면 차분하게 마법 공부를 할 수 있겠다.

공부에 적합한 환경도 페르미나 씨의 힘에 한몫 거들었을지도 모르겠군.

"이 주변은 내 앞마당 같은 곳이니까! 나중에 안내해 줄게!"

"안내해 주는 건 고맙지만 모처럼 귀성한 거잖아. 친구랑 만나서 놀고 그러지 않아도 되겠어?"

"그건 내일 이후에 할 거야! 너희는 내일 돌아간다며, 아니야?"

"저는 그럴 생각인데…… 스승님과 누아르 씨의 예정은 듣지 못했슴다. 특히 스승님은 짐도 제법 되는데…… 어디 가는 거임까?"

"사실 여행을 좀 할까 해서, 노숙용으로 캠핑 도구를 챙겨 왔어."

나는 적당히 얼버무렸다. 여하튼 네 개의 유적에는 큐르 씨보다 강한 『무언가』가 있고, 그 정체는 《얼음의 제왕》이 봉인한 마왕일 가능성이 크니까.

확인할 때까지는 알 수 없지만 모처럼 마왕 게임이 끝나고 평화로워졌다. 공연히 불안하게 만들지 않기 위해서도 마왕에 대한 건 비밀로 해두는 편이 좋을 것이다.

"캠프라니 재밌겠슴다!"

"그러게! 며칠 정도 가는데?"

"2주 정도."

나 혼자라면 달려서 한나절 만에 최북단 유적까지 갈 수 있겠지만, 누아르 씨와 함께 갈 예정이니까 말이다. 교통기관을 사용하면 왕복 2주는 걸린다.

"혼자서 가는 거야?"

누아르 씨가 같이 가자고 말해 주길 바라는 듯이 쳐다본다.

지금 여기서 전생 이야기를 할 수는 없지만…… 이 이상 섭섭해 보이는 누아르 씨를 보는 것도 괴롭고, 지금 같이 가자고 해 둘까.

"가능하면 누아르 씨가 따라와 줬으면 좋겠어."

"갈게. ……하지만 짐을 가지고 오지 않았어."

"여행에 필요한 건 내가 살게."

"친절하기도 해라."

"친절은 무슨. 누아르 씨가 도와줬으면 하는 일이 있어서 그래."

"뭔데?"

"그건 나중에 설명할게. 따라올지 말지는 그걸 듣고 나서 결정해도 돼."

"갈게."

　그렇게 전원의 휴일 일정이 정해졌을 즈음에 페르미나 씨가 우뚝 멈춰 섰다.

"여기가 우리 집이야! 내 집이라고 생각하고 편히 쉬어! ——나 왔어~!"

　페르미나 씨 뒤를 이어서 우리는 집에 방문한다.

　그러자 가벼운 발소리가 들리고 느긋한 인상의 여성이 다가왔다.

"어서 오렴. 친구들도 잘 왔어요. 사양 말고 들어와."

　온화한 미소를 띠고 차분한 말투로 환영해 준다.

　페르미나 씨의 열정적인 성격은 아버지로부터 물려받은 모양이다.

"바로 고기를 준비할게."

그리고 음식 취향은 어머니로부터 물려받은 것 같고.

"이쪽이야."

우리는 거실로 안내받았다. 그리고 권하는 대로 소파에 앉아 한숨 돌리고 있자, 페르미나 씨가 두리번두리번 주위를 둘러보면서 말한다.

"저기, 아버지는?"

"아빠는 오늘 아침 출근했어."

"일? 오늘 휴무 아니었어?"

"급한 일이 들어왔어. 그, 뭐라고 했지? 메르…… 메르……."

"메르니아 님?"

"그래, 그래. 단장인 메르니아 씨한테서 강화 합숙 권유를 받았거든. 모처럼의 휴무인데 너희 아빠도 참, 『나는 더 강해질 거야!』라며 흥분해서는 나가 버렸단다."

페르미나 씨의 아버지답다. 마법에 관해 도움이 되는 이야기를 듣지 못하는 건 아쉽지만 수행이 이유라면 어쩔 수 없다. 강해지고 싶은 마음은 잘 아니까 말이다.

"그랬구나. 기껏 애쉬 군이 왔는데……."

아쉬운 듯이 삐죽 입술을 내미는 페르미나 씨. 그러자 아주머니는 어리둥절하며,

"어머, 애쉬 군이 왔니?"

"제가 애쉬입니다."

일어나서 인사하자 후다닥 뛰어왔다.

"어머, 반갑구나! 옷을 입고 있어서 몰라봤어."

"실은 평소엔 옷을 입고 지내요."

친구의 어머니에게 이런 말을 하는 날이 올 줄은 몰랐다.

"이야기는 남편한테서 들었어. 큰일 날 뻔했을 때 구해 줬다며. 우리 남편을 구해 줘서 정말로 고마워. 정성을 다해 대접할 테니 오늘은 편히 있으려무나."

"네. 신세 지겠습니다!"

아주머니는 싱긋 웃고서 에파와 누아르를 본다.

"다들 앞으로도 우리 딸과 사이좋게 지내 주렴."

"물론임다!"

"친하게 지낼게."

아주머니는 기쁜 듯이 미소 지었다.

"착한 아이들이구나. 우리 딸에게 이렇게 멋진 친구들이 생겼다니. 남편이 들으면 기뻐할 거야. 그 사람, 여기 이 딸내미밖에 모르니까. 전에도──."

"그런 이야기는 안 해도 돼! 자, 방으로 가자! 고기 구워질 때까지 시간도 있고, 먼저 방을 안내할게!"

페르미나 씨의 손에 이끌려서 우리는 2층으로 향한다.

"여기가 내 방이야!"

끌려간 곳은 페르미나 씨의 침실이었다. 융단이 깔린 방은 가지런히 정돈되어 있었다. 깔끔한 성격인 페르미나 씨다운 방이다.

교과서와 참고서 등이 나란히 꽂혀 있는 책상 옆에는 『목표!
마법 기사단!』이라고 붉은 문자로 큼직하게 쓰인 포스터가 붙
여져 있다.

　정말로 마법 기사단을 동경하고 있구나.

　"뭔가 부끄럽네."

　우리가 포스터를 보고 있는 것을 깨닫고 페르미나 씨가 살며
시 볼을 붉힌다.

　"그럴 거 없어. 나도 방에 『목표! 마법사!』라는 포스터를 붙였
으니까."

　"실은 저도 『목표! 무투가!』라는 포스터를 붙였음다! 우리 모
두 동지네요!"

　"나는 아무것도 안 붙였는데."

　누아르 씨는 소외감을 품은 모습이다.

　"그러면 누아도 붙이면 되지!"

　"뭘 붙이면 좋을까?"

　"포부나 꿈, 뭐든지 괜찮아!"

　누아르 씨는 생각에 잠긴 것처럼 입을 다물고.

　"……꿈이라면 있어."

　"누아의 꿈, 뭔데?"

　"애쉬가 마법사가 되는 걸 보고 싶어."

　"누아르……."

　내가 꿈을 이루는 것을 꿈으로 삼아 주다니…….

　솔직히 엄청 기쁘다. 스승님도 그렇지만 가까이에 응원해 주

는 사람이 있다는 건 정말로 든든하구나.

"나, 반드시 마법사가 되어 보이겠어!"

"지켜볼게."

그렇게 누아르 씨의 꿈이 정해졌을 즈음에 페르미나 씨가 입을 열었다.

"자, 그럼 어떡할래? 애쉬 군은 앨범을 보고 싶댔지? 지금 바로 볼래?"

"보고 싶어!"

"오케이! 으음, 어디에 넣어 뒀더라~……. 어, 찾았다, 찾았다. 으햐~ 그립다, 그리워——."

책상 서랍에서 앨범을 발견한 페르미나 씨는 그걸 바닥에 펼쳐 보여 주었다. 노골적으로 맨 앞쪽의 페이지를 건너뛰고.

"처음부터 안 보는 거야?"

"맨 앞쪽은 아기라서. 아무래도 조금 부끄럽네. 그…… 두 살정도 때부터 봐도 될까?"

"물론이야!"

스티겔은 정신 연령이 태어났을 때부터 네 살 사이에 깃드니까 괜찮다! 생후 2년째라는 것은 정신 연령이 대략 한 살에서 네 살쯤일 때다.

그 시기에 페르미나 씨가 했던 행동을 따라하면, 정신력을 단련하는 요령 등을 알 수 있을지도 모른다.

나는 단서를 놓치지 않도록 페르미나 씨의 사진을 하나둘 응시했다.

그중에서 인상적이었던 건 『맛있는 듯이 고기를 입에 가득 넣은 모습』과 『채소를 보고 흐느껴 우는 모습』이었다.

하지만 다섯 살 정도로 성장했을 무렵의 페르미나 씨는 맛있게 채소를 잔뜩 입에 넣고 있었다.

……이건 정신적으로 성장했다고 봐도 되겠지?

"페르미나 씨, 지금은 채소 좋아해?"

"응. 옛날엔 싫어했지만. 뭐, 고기를 더 좋아하긴 하는데."

그래도 싫어하는 것을 좋아하게 되었다는 것은 분명하다.

받아들이기 어려운 것을 받아들인다는 건 생각해 보면 대단한 거야.

그게 된다면 정신적으로 성장하는 것도 확실하지.

꼭 참고하고 싶은 부분이지만…… 적어도 여장 같은 걸로는 성장할 수 없었던 셈이고, 그 이상으로 받아들이기 어려운 것을 찾지 못하면 스티겔은 깃들지 않을 듯하다.

……그런데 내게 있어 진심으로 받아들이기 어려운 건 뭘까?

조금 생각한 정도론 떠오르지 않는데…….

그래도 마력이 깃드는 단서는 찾았다.

아무리 해도 받아들이기 어려운 것을 찾고, 그것을 받아들인다──. 그렇게 함으로써 마법사가 될 수 있을지도 모른다.

유적 순례와 병행해서 받아들이기 어려운 것을 찾아보자!

"고기 다 구웠단다──!"

그러기로 결심했을 때 아주머니의 목소리가 울렸고, 우리는 향긋한 냄새가 감도는 1층으로 향했다.

◆

그리고 이튿날 오후.

"그럼 또 학원에서 보자! 바이바~이!"

아주머니의 요리를 맛본 다음 페르미나 씨의 배웅을 받고 우리는 역으로 향했다.

"애쉬 씨세요?!"

"와아! 진짜로 애쉬 씨야!"

"대박! 옷도 다 입었어!"

어제 중학생이 퍼뜨렸을 것이다. 옷을 입고 있는데도 내 정체를 알아채는 사람이 하나둘씩 나타났다. 한 명 한 명과 악수하면서 걸어가는 바람에 30분이나 걸려 역에 도착했다.

"어라? 왜 그러십까, 스승님? 매표소는 건너편임다."

역 앞에서 멈추어 서자 에파가 이상한 듯이 고개를 갸웃했다.

"조금 볼일이 있어서. 좀 더 르챠무에 있을게."

"혹시 저를 바래다주려고 역까지 따라와 준 검까?"

"잠시 에파를 볼 수 없게 되니까 말이지."

에파의 얼굴이 기쁜 듯이 활짝 빛났다.

"저, 집에 가도 수행하겠슴다! 매일 근육을 단련하고, 달리기 연습하겠슴다!"

"휴가 끝나고 에파의 성장을 보는 게 벌써 기대되는걸."

"스승님……! 기대해 주십쇼! 저도 스승님과 누아르 씨를 만나게 되는 날을 기대하고 있을 테니까 말임다!"

"나도 기대돼."

"학원에서 또 보자!"

"넵! 그럼 두 분 다 건강하십쇼!"

꾸벅 인사를 하고, 매표소로 달려간다.

에파가 보이지 않게 됐을 즈음 나는 누아르 씨에게 돌아섰다.

"사실, 누아르 씨에게 할 중요한 이야기가 있어."

"들을게."

"여기는 어수선하니까 조금 더 조용한 곳에서 이야기할게."

누아르 씨를 데리고 인기척 없는 장소를 찾는다. ──그리고 변두리에 있는 공원을 발견하고 우리는 벤치에 앉았다. 미끄럼 틀에서 놀고 있는 아이는 있으나 내게 악수를 청해 오는 사람은 없다.

여기라면 차분하게 이야기를 할 수 있을 것 같다.

나는 곧바로 이야기를 꺼낸다.

"단도직입적으로 말하는데── 실은 나, 누아르 씨 전생의 정체를 알고 있어."

"뭔데?"

"놀라지 말고 들어 줬으면 좋겠는데……. 누아르 씨의 전생은 《얼음의 제왕》, 아이스 로드라는 이름의 마왕이었어."

"그래."

누아르 씨는 정말로 하나도 놀라지 않고 들어 주었다.

……하지만 차분해도 너무 차분하다.

놀라는 모습을 기대했던 건 아니지만 너무나도 미약한 리액션에 나는 당황스러웠다.

"안 놀라?"

"안 놀라. 나는 너와 같이 있는 지금이 좋은걸. 전생에는 흥미 없어."

진심으로 그렇게 생각하고 있는 듯한 말투다. 한 번에 전부 전달하면 혼란스러워할지도 모른다고 생각했었지만…… 이 모습을 보니 하나 더 가르쳐 줘도 괜찮을 것 같다.

"실은 누아르 씨 전생의 기억은 린글란트 씨가 지웠어. 그 때문에 누아르 씨의 기억력은 떨어져 버렸어."

"기뻐."

모든 것을 털어놓자 누아르 씨는 살짝 웃음을 띠었다.

"뭐가 기쁜데?"

"기억력이 좋았다면 너에게 공부를 배우지 못했을 테니까."

확실히 누아르 씨의 기억력이 좋았다면 그렇게까지 옆에 붙어서 공부를 가르쳐 주는 일은 없었을 것이다.

하지만 설마 나와 하는 공부를 그토록 좋아해 주었을 줄은 몰랐다. 그때의 누아르 씨는 연일 밤을 새우느라 녹초가 됐었는데.

"중요한 이야기는 그걸로 끝이야?"

"전생에 관한 것은 지금 걸로 끝인데 이제부터가 본론이야. 어제는 캠프에 갈 것처럼 말했지만, 사실은 유적 순례를 할 예정이거든."

"유적?"

"응. 대륙 동서남북에 네 개의 유적이 있어. 한꺼번에 가면 신학기 시작에 맞출 수 없어서 이번에는 최북단 유적에 갈 예정이야. 누아르 씨가 꼭 따라와 줬으면 좋겠고."

"왜 내가 따라와 주길 바라는 거야?"

가만히 쳐다보는 누아르 씨에게 나는 유적에 관한 이야기를 들려주었다.

"……내가 해독할 수 있을까?"

이야기를 전부 들은 누아르 씨는 불안한 음성으로 중얼거렸다.

누아르 씨는 『애쉬가 마법사가 되는 것을 보는 게 꿈』이라고 말해 주었다.

그런 만큼, 비석의 해독에 내 마법사 인생이 걸려 있다고 생각하자 중압감이 든 것이리라.

"그렇게 부담 갖지 않아도 돼. 여행 같은 감각으로 임해 줘도 되니까. 그리고 나는 누아르 씨가 해독할 수 있을 거라 생각해."

단순히 희망적 관측을 말한 것은 아니다. 확실한 근거가 있어서 그렇게 말했다.

린글란트 씨는 『순종적인 실험체』를 손에 넣기 위해서 《얼음의 제왕》의 기억을 지웠다.

린글란트 씨에게 있어 방해됐던 것은 어디까지나 『《얼음의 제왕》으로서의 기억』이었고, 그 외의 것들은 지울 필요가 없었다.

예를 들면 기억상실이 됐다고 해서 꼭 읽고 쓰기를 할 수 없게 되지는 않는다.

요컨대 사건에 대한 기억이 지워졌다고 하더라도, 언어에 대한 기억이 남아 있으면 비석을 해독할 수 있으리란 얘기다.

"여하튼 실제로 유적에 가 보지 않으면 확실한 건 말할 수 없지만."

"나는 네 곁에 있고 싶어. 너와 있으면 재미있으니까."

"고마워, 누아르 씨! 나도 가슴이 설레기 시작했어!"

비석에 마력에 관한 단서가 적혀 있다면 나는 마법사가 될 수 있다. 그렇게 생각하니 가만히 있지 못하겠다.

"좋아! 그럼 바로 출발하자! 비공정과 열차를 타서 최북단 유적을 목표로 하자!"

"목표로 할 거야."

그렇게 나와 누아르 씨의 대모험의 막이 열렸다.

"너와 함께하는 유적 순례, 기대돼."

이때는 그렇게 즐거운 듯이 웃고 있었던 누아르 씨였으나──.

나와 누아르 씨의 대모험의 막이 열리고 8일이 지났다.

그날 아침――.

덜덜덜덜덜덜덜덜덜덜덜덜덜덜덜덜덜덜――…….

끊임없이 울려 퍼지는 수수께끼 같은 소리에 눈을 뜨자, 누아르 씨가 침대 가장자리에 오도카니 앉아서 이불을 뒤집어쓰고 오들오들 떨고 있었다.

언뜻 보기에도 꽁꽁 얼어 있다.

"괜찮아?"

"너무 추워……."

이를 딱딱거리면서 가느다란 목소리를 떤다.

누아르 씨는 얼음 계통 마법이 특기다. 첫 승급 시험 때 투기장을 얼어붙게 만들 정도로 어마어마한 마법을 사용하기까지 했다.

그런 선입관에서 누아르 씨는 추위에 강할 거라고만 생각했었다.

실제로 최북단 마을로 향할 즈음해서 꼼꼼하게 방한구를 사려고 했을 때 누아르 씨한테서 『나는 추위에 강해. 옷은 그렇게 필요 없어.」라는 말을 듣기도 했다.

결국 유비무환이라는 사자성어를 따라 꼼꼼하게 방한구를 사기로 했는데, 옳은 선택이었다.

누아르 씨가 추위에 강한 것은 사실일지도 모르겠지만 여기는 세계 최북단 마을이니까 말이다. 다른 마을과는 비교가 안 될 만큼 춥다.

나는 수행을 너무 많이 해서 사계절을 느끼지 않는 체질이 되어 버렸지만, 덜덜 떠는 누아르 씨를 보고 있자니 아무래도 한기가 전해져 온다.

이런 때 마법을 사용할 수 있다면 따뜻하게 해줄 수 있겠지만, 지금의 내게는 불가능한 일. 덤으로 차가워진 신체를 문질러서 따뜻하게 하려고 했다간, 누아르 씨는 엄청난 마찰에 몸이 깎여 나가고 말 거다.

하지만 그런 내게도 가능한 일은 있다.

"양말, 하나 더 신을래?"

"응."

"알았어. 잠깐 기다리고 있어."

배낭을 뒤져 요전에 왕창 산 두툼한 양말을 꺼내 누아르 씨에게 건넸다. 그러자 누아르 씨는 양말을 툭 떨어뜨린다. 장갑에 싸인 손으로 양말을 집으려고 하지만 잘 안 된다. 그래서 장갑을 벗으려고 시도해 보지만 이 역시 실패.

슬픈 듯이 눈썹이 내려가고 나를 물끄러미 쳐다본다.

"장갑 벗는 거 좀 도와줘."

"양말이라면 내가 신겨 줄게."

지금의 나는 그 정도밖에 해줄 수 없으니까 말이다.

"부탁해."

담요 틈새로 발을 뻗어 온다. 이미 다섯 장이나 겹쳐 신고 있어서 깁스를 한 것처럼 부풀어 있다.

"안 찢어질까?"

"괜찮아."

딱 맞는 양말을 억지로 신기면 찢어지겠지만 이렇게 될 것을 예측하고 빅 사이즈 양말을 샀으니까.

"다 됐어, 자."

"발이 따뜻해졌어. 하지만 혼자선 신발을 신을 수 없어."

"방을 나갈 때 신겨 줄게."

"고마워. 언제 출발할 거야?"

"그건 날씨에 달렸지. 눈이 안 내릴 것 같으면 당장에라도 출발하고 싶지만⋯⋯."

창 너머를 보자 새하얀 경치가 펼쳐졌다.

보면 볼수록 눈투성이다.

상공에는 쾌청한 하늘이 펼쳐져 있지만 기온이 낮은 건 분명하므로, 쌓이고 쌓인 눈은 아무리 기다려도 녹을 일은 없을 것이다.

얼어붙은 창에 너무 가까이 가지 않도록 주의하면서 누아르 씨도 밖을 본다.

"어제보다 더 쌓였어."

"그러게. 저거, 내 허벅지 정도까지 쌓인 거 아닐까?"

"눈에 빠져 버리겠어."

누아르 씨는 몸집이 작으니까 그런 걱정이 드나 보다.

아무리 그래도 눈에 빠지는 일은 없을 테지만, 허리 아래로는 충분히 눈에 가려져 버릴 것이다.

"눈 치울 거니까 걱정할 거 없어."

"시간이 오래 걸릴 텐데."

"입김을 불면 눈이 날아갈 거야."

"그것도 치우는 거라고 할 수 있나?"

여하튼 눈을 멀리 날려 보내는 거다.

평범하게 눈을 치우면 시간이 오래 걸리겠지만, 정권 찌르기로 길을 만들 수 있다. 그리고 후우 입김을 불면서 회전하면 360도 전방향의 눈을 날릴 수도 있다.

문제는 어디에 가야 유적을 볼 수 있을지 모른다는 점이다. 대강의 장소는 짐작이 가지만 정확한 장소는 모른다.

덤으로 동서남북 유적은 전부 『지하 유적』.

유적으로 가는 입구는 눈에 묻혀 있을 것이다.

그렇지만 유적 순례의 선구자가 있었으니, 입구가 있다는 사실은 확실하다. 마력 획득의 단서가 있을지도 모른다고 생각하면 의욕이 없다가도 생긴다.

"여하튼 날씨가 개서 다행이야!"

어제 이 마을에 도착했을 때는 눈보라가 치고 있었으니 말이다.

나 혼자라면 천재지변이 일어날지라도 유적 순례를 감행하겠지만, 두 사람이 여행하게 되면 이야기가 다르다. 매서운 눈보라 복판을 누아르 씨를 데리고 돌아다닐 수는 없다.

　그래서 숙소에 붙들리는 것을 각오했었는데 날이 개서 한숨 돌렸다. 특별히 이상한 점도 없고, 말 그대로 모험하기 딱 좋은 날이다.

　"날이 갰지만 추워. 너는 안 추워?"

　두툼한 옷을 입고 눈사람 같은 꼴을 한 누아르 씨. 반면 나는 평소 입는 교복을 입고 있다. 교복은 세 벌 가지고 있지만 사복은 『마의 숲』에서 수행 중에 입었던 것밖에 없다.

　뭐, 여자아이 옷은 많이 가지고 있지만 말이지.

　어쨌든 별로 춥지 않지만 누아르 씨가 걱정하게 만들 수는 없으니까 나도 옷을 껴입기로 하자.

　나는 양말을 두 켤레 신는다.

　"아직 추울 것 같아. 이 안은 따뜻해."

　새가 날개를 펼치듯이 이불을 살며시 펼치는 누아르 씨.

　그 속에 들어가자 누아르 씨가 바싹 몸을 붙여 왔다.

　"너와 붙었더니 따뜻해졌어."

　"그러게. 진짜, 따뜻해……."

　체감상으로는 똑같지만 따끈따끈한 기분이 든다.

　누아르 씨는 내가 마법사가 되는 걸 꿈으로 삼아 주었다──. 나를 위해서 극도로 추운 땅에 따라와 주었을 뿐 아니라 몸 걱정까지 해주고 있다.

누아르 씨의 다정한 마음을 느끼고 있으니 마음이 절로 따뜻해진다.

그 마음을 헛되게 하지 않기 위해서도 반드시 유적에 도착해야겠다!

"슬슬 출발할 거지?"

내 의욕을 감지했는지 누아르 씨가 물었다.

"그럴 생각인데 아직 피곤하다면 조금 더 쉬고 나서 갈게."

"푹 자서 피로는 풀렸어. 그런데…… 얼마나 걸어야 해?"

"대강 5시간 정도."

"열심히 걸을게."

"무리하지 않아도 돼. 유적까지는 내가 업을 테니까."

걷는 편이 몸도 따뜻해지겠지만 누아르 씨는 움직이기 힘든 차림새이니 말이다.

"그래서 밥을 먹으면 출발할 건데, 배고파?"

"배고파."

"그럼 먹자!"

누아르 씨에게 복슬복슬한 털 부츠를 신긴 다음 우리는 방을 떠났……을 예정이었지만.

"어라?"

복도로 나왔지만 누아르 씨는 따라오지 않았다.

깜빡하고 방에 두고 온 물건이라도 있나? 그렇게 생각하고 방을 보자—— 누아르 씨가 문 옆에 넘어져 있었다.

바다표범같이 드러누운 채 얼굴만 이쪽으로 돌린다.

"못 일어나겠어."

방한구는 양날의 검—— 구속구이기도 하니까 말이다.

옷을 너무 많이 껴입어서 따뜻함을 얻은 대신 기동성을 잃은 것이다.

"안아 줄게."

누아르 씨를 안아 들고 식당으로 향한다.

"안녕하세요, 애쉬 씨!"

따뜻하게 난로를 땐 1층 식당에 내려오자, 깨끗한 천으로 액자를 닦고 있었던 아저씨가 미소를 지으며 인사했다.

숙박객은 더 있을 텐데 식당에는 우리 말고 아무도 없다.

너무 일찍 일어났나?

"아침 식사 준비는 벌써 돼 있나요?"

어제 체크인 했을 때 아침 식사를 할지 말지를 질문받았다.

휴대 식량은 남아 있지만, 누아르 씨도 따뜻한 밥을 먹는 편이 힘이 날 테니 먹겠다고 했다.

"준비됐고말고요! 자리에 앉아 기다려 주세요! 물론 식사비는 필요 없습니다! 애쉬 씨는 생명의 은인이니까요!"

생명의 은인이란 마왕 게임 이야기다.

옷을 입었기 때문에 처음엔 눈치채지 못했으나 숙박부에 『애쉬 아크발드』라는 이름을 썼을 때 아저씨의 눈이 반짝였다.

그리고 극진하게 환영받았다.

"감사합니다."

솔직히 말하면 누아르 씨에게 대량의 옷을 사 주느라 여비가 얼마 남지 않은 상태다.

돌아갈 여비를 생각하면 아저씨의 호의는 순수하게 고마웠다.

어느 유적에 갈지는 아직 정하지 않았지만 다음번 유적 순례 때는 여비를 조금 넉넉하게 챙겨야겠다.

"아뇨, 아뇨. 제가 더 감사하죠! 게다가 이렇게 멋있는 것을 받았으니 아침 식사 정도는 대접하겠습니다."

아저씨는 뿌듯해하며 액자를 본다.

벽에 장식된 액자에는 『애쉬 아크발드』라고 쓰인 동물 그림이 프린트된 팬티가 들어가 있었다. 동물 그림 팬티 열풍은 최북단의 마을에도 도래해 있었다.

"그럼 잠시 기다려 주세요!"

아저씨가 어딘가로 사라졌을 즈음에 누아르 씨를 의자에 앉힌다.

그 맞은편에 앉자…… 누아르 씨가 기우뚱기우뚱 휘청거리는 모습이 보였다.

너무 껴입어서 엉덩이가 부풀어 안정감을 잃은 것이다.

"쓰러질 것 같아."

"내가 받쳐 줄게."

누아르 씨 옆에 앉아 허리에 팔을 돌려 쓰러지지 않게 떠받친다.

그렇게 요리가 오는 것을 기다리고 있자——.

"오래 기다리셨습니다!"

아저씨가 스튜를 가져왔다. 막 만들었는지 따끈따끈 김이 오른다.

"식기 전에 먹자!"

"……! 큰일이야."

"왜 그래?"

"스푼을 못 쥐겠어."

누아르 씨는 엄지손가락만 분리된 벙어리장갑 형태의 장갑을 삼중으로 끼고 있다.

깁스처럼 딱딱하게 굳어져 있어서 잘 움직일 수 없는 것이다.

"먹여 줘."

장갑을 벗길까? 그렇게 말을 꺼내기보다 먼저 누아르 씨가 말했다.

"알았어. 먹여 줄게."

"아까부터 도움만 받네."

"그건 피차일반이니까 신경 쓰지 않아도 돼. 그럼, 입 벌릴래?"

"……뜨거워."

입김을 불면서 스튜를 볼에 가득 넣는 누아르 씨.

후——후—— 불어주고 싶은 바지만 자칫하면 스튜는 물론 누아르 씨까지 통째로 날려 버릴지도 모르니까 말이다.

"하지만 따뜻해져."

어쩌니저쩌니해도 매우 뜨거운 스튜가 마음에 든 것 같다.

그렇게 누아르 씨에게 식사를 시켜 주면서 스튜를 먹은 나는 여행 준비를 마친 다음 숙소를 나섰다.

◆

마을을 뒤로하고 5시간이 지났을 무렵.

부바바바바바바바바바바바바바바바!!!!

뇌내 지도를 의지해 유적이 있을 만한 장소까지 온 나는, 후우 입김을 불면서 몸을 회전해 시야에 들어오는 모든 눈을 날려 버리는 중이었다.

근처에 민가와 같은 건물이 없어서 스스럼없이 팍팍 날려 버려도 괜찮다.

"자, 끝났어."

"네 폐활량, 어떻게 된 거야?"

"내 폐활량 같은 건 아무래도 좋아! 그보다 유적을 찾아보자! 나는 저쪽을 볼 테니까, 누아르 씨는 건너편을 부탁해!"

나는 누아르 씨를 업은 채 전방을 본다.

그리고 눈짐작 1000미터 정도 너머로 단차를 발견했다.

"저건, 설마!"

"찾았어?"

"모르겠어! 가 볼게!"

"떨어뜨리지 않도록 조심해."

누아르 씨를 떨어뜨리지 않게 종종걸음으로 향하자──.

"역시! 예상대로야!"

얇게 눈이 쌓인 단차를 발견하고 내 심장이 쿵쾅쿵쾅 뛰었다.

"유적이야! 봐봐, 누아르 씨! 유적! 찾았어!"

세상에, 입구가 이렇게나 반가울 줄이야!

마력 획득의 단서를 발견하면 너무 기뻐서 기절할지도 모르겠어!

"시간이 좀 더 걸릴 것 같아서 걱정했었는데 쉽게 발견해서 다행이다! 이러면 시업식에도 충분히 갈 수 있겠어! ⋯⋯왜 그래?"

"지하는 캄캄해."

귀신의 집을 질색하는 누아르 씨는 어둠이 고역이다.

나는 저번 문화제에서 귀신을 질색하는 성격을 극복했다.

그리고 밤눈이 밝아서 약한 빛만 있어도 대낮처럼 볼 수 있다.

하지만 누아르 씨를 불안하게 만들 수는 없다.

무엇보다 캄캄하면 비석을 읽을 수 없으니까 말이다.

"괜찮아. 램프를 잘 챙겨 왔거든."

배에 두른 가방에서 램프를 꺼내 보이자── 누아르 씨는 안심한 것처럼 표정이 풀어졌다.

준비를 마친 나는 계단을 내려간다.

"제법 깊네."

"너무 깊어."

5분 정도 걸어서 겨우 통로에 도착한다.

"제법 넓네."

"너무 넓어."

큼직한 터널과도 비슷하다.

왠지 모르게 미궁 같은 모습을 상상했었지만 통로는 외길이었다.

나는 망설임 없이 통로를 걸었고 얼마 뒤 멈추어 선다.

"막다른 길이야."

빼곡하게 무언가가 새겨진 벽이 전방을 막아 버린 것이다.

그 벽을 보고 내 심장이 또다시 뛰었다.

"이거, 비석 아닌가?!"

여기까지 오는 도중 그럴싸한 건 보이지 않았으니 이게 비석이 틀림없다.

벽을 비추어 보자…… 빼곡하게 새겨진 것이 어쩐지 문자같이 보였다.

나는 문자 같은 것을 대충 훑어보지만…… 뭐라고 쓰여 있는 것인지 도무지 모르겠다.

"누아르 씨, 이거 읽을 수 있어?"

부탁이야, 읽을 수 있다고 말해 줘!

가슴을 두근거리면서 기다리자 누아르 씨는 고개를 끄덕였다.

"읽을 수 있어."

앗싸! 이걸로 마법사에 한 발 더 가까워졌어!

"뭐라고 쓰여 있는데?!"

누아르 씨는 다시금 비석을 응시한다.

"이 벽 너머에…….'"

"이 벽 너머에?"

"……마물의 왕이 봉인되어 있다, 고 쓰여 있어."

"마물의 왕이?"

혹시 《얼음의 제왕》이 봉인했다고 하는 마왕을 말하는 건가?

"또 뭐가 쓰여 있어?"

"여기에 봉인당한 마물의 왕은…… 세계에서 가장 단단한 모양이야."

세계최경(最硬)의 마왕인가.

어쩌면 공격이 통하지 않아서 《얼음의 제왕》은 봉인이라는 수단을 취한 걸지도 모르겠다.

"그 밖에는?"

"봉인의 효력은…… 잘해야 2천 년인 것 같아."

2천 년이라.

린글란트 씨가 말하기를 《얼음의 제왕》은 『조만간 봉인이 풀린다』고 주장했었다고. 그로부터 또 10년 이상의 세월이 흘렀다. 봉인이 풀리는 날은 바로 코앞까지 다가왔을 터.

조만간 봉인이 풀린다면 차라리 지금 해치우는 편이 나을 것 같다. 뭐, 싸우는 건 비석을 전부 해독하고 나서지만.

봉인의 방으로 가려면 이 벽을—— 비석을 부수지 않으면 안 되기도 하고 말이다.

"마왕 건은 알았어. 그런데 마력에 관한 건 안 쓰여 있어?"

이만큼 빼곡하게 문자가 새겨져 있다. 언뜻 보기에 100줄은 족히 돼 보인다.

분명 지금의 이야기는 비망록 같은 것이리라. 방금 말한 건 기 껏해야 두 줄 정도일 테고 마법에 관한 기술도 있을 거다.

제발, 제발 그래 줘!

그렇게 기도하는데 누아르 씨가 불쑥 중얼거렸다.

"나머지는 전부 마왕을 향한 욕이야."

어?

"이, 이게 다?"

"다 욕이야."

말도 안 돼……. 1만 자는 될 것 같은데? 그게 전부 욕이라고? 더구나 이 엄청나게 단단해 보이는 바위에다? 굳이 새긴 거야? 욕을?

"바보, 멍청이, 같은 게 쓰여 있어."

"그래……."

나는 『바보』나 『멍청이』를 읽기 위해서 이 먼 대륙 최북단까지 찾아왔단 말인가.

한데, 그렇게까지 원망스러운가? 자기도 마왕이면서……

뭐, 오랫동안 욕을 쓰고 싶었을 만큼 세계최경의 마왕을 해치우지 못한 것이 분했단 얘기겠지만.

그래도 유적은 아직 세 곳이 더 있으니까!

여기에 대량의 욕을 새겼으니 그 《얼음의 제왕》도 속 시원했을 터. 남은 유적에는 가치 있는 내용이 새겨져 있을 게 틀림없다!

"여기에 있는 마왕은 어떡할 거야?"

"해치우고 돌아갈게."

마력과 정신력은 밀접한 연관이 있으니 말이다. 강적과 맞서는 것으로 정신력이 단련되고, 그것이 마력 획득으로 연결된다.

더구나 이번 마왕은 지금까지의 마왕과는 다르다.

이 세계를 멸망시키려 한 《어둠의 제왕》과 동등하거나 그 이상의 실력을 지녔던 《얼음의 제왕》을 괴롭혔을 정도로 강한 자다.

게다가 단단하다.

지금까지의 마왕은 펀치 한 방에 산산조각이 날 정도로 약했으나 이 앞에 있는 마왕은 단단하다.

내가 마법사였다면 다채로운 마법으로 싸우겠지만 나는 무투가다. 공격수단은 극히 적다. 원 패턴으로 싸울 수밖에 없다.

방어력이 극도로 높은 상대는 주먹으로 싸우는 내게 있어 그 야말로 천적인 것이다!

　이때까지의 인생에서 가장 고전하리라는 것이 벌써 상상이 간다.
　그렇기에 더더욱 도망칠 수는 없다.
　이 싸움으로 정신적인 성장을 이루고 마력을 손에 넣고야 말겠다!
　"누아르 씨는 여기에 있어. 이 앞은 나 혼자 갈게."
　누아르 씨를 구석에 내려놓은 다음 거기에 램프를 두고 비석을 후려쳤다.
　콰아아아앙!!!!
　봉인 마법이 걸린 비석을 파괴하자 그 앞은 돔 형태의 공동으로 되어 있었다.
　그리고 공동 안쪽에는───.
　『푸하하하하! 드디어 내 몸을 결박한 지긋지긋한 봉인이 풀렸구나! 심지어 눈앞에는 먹이가 굴러와 있잖아! 행운으로 생각해라, 자그마한 인간이여! 네놈은 내 피와 살이 되어 영구히 살아갈 수 있으니까 말이다!』

　사람 말을 하는 거대한 거북이가 있었다.
　"지금 안쪽에서 소리가 났어."
　누아르 씨가 눈을 가늘게 뜨고 공동 안쪽을 보려고 한다.

"어두워서 안 보여."

"말하는 거북이가 있어."

"거북이?"

"응. 등딱지에 가시가 돋친, 전체적으로 메탈릭한 거북이가 말이지."

"딱딱하겠다."

그러게, 수긍하고 나는 거북이에게 돌아선다.

봉인의 방에 있고, 단단해 보이는 외형이란 건…….

"네가 마물의 왕―― 마왕이군?"

『푸하하하하! 나를 알고 있느냐, 나약한 인간이여! 바로 세계 최경의 이명을 가진 《북쪽의 제왕》 노스 로드란 바로 나를 일컫는 말이다! 그 연약한 마음에 내 이름을 새기거라!』

방향을 이름으로 쓰고 있다는 것은, 원래 대륙 북쪽을 세력권으로 삼았었다는 말인가?

그렇다면 너무나도 넓은 세력권이다. 그만큼의 범위를 지배할 수 있다니, 상당한 파워를 지녔다는 말이리라.

그리고 북쪽 유적에 《북쪽의 제왕》이 있는 것으로 보아 남은 유적에 《남쪽의 제왕》 《서쪽의 제왕》 《동쪽의 제왕》이라는 명칭의 마왕이 있어도 이상하지 않겠다.

어느 방위의 마왕이 최강인지는 알 수 없지만――.

적어도 가장 단단한 건 이 《북쪽의 제왕》이 틀림없다.

그렇게 생각을 하고 있자 마왕이 갑자기 웃음을 터뜨렸다.

『푸하하하하! 재미있군, 실로 재미있어! 나를 앞에 두고 겁내지 않을 줄이야! 덕분에 그 얼굴이 공포로 일그러지는 순간을 즐길 수 있…….』

마왕은 하던 말을 삼키고 탁한 눈알로 누아르 씨를 본다.

『이, 이 영혼의 파동은……! 네놈, 설마——!』

쿵! 쿵!

지축을 울리면서 접근해 오는 마왕에게 누아르 씨는 겁먹은 모습으로 뒷걸음질 친다. 그리고 털썩 엉덩방아를 찧는다.

바동바동 손발을 움직여 일어나려고 하지만 자세를 바꿀 수가 없다.

『틀림없어! 네놈, 그 울화통 터지는 계집애냐! 설마 봉인이 풀린 날에 네놈과 재회하게 될 줄이야! 정말로 불쾌—— 아니, 유쾌하구나!』

"그 『계집애』라는 건 《아이스 로드》를 말하는 거냐?"

『약자의 이름 따윈 기억하지 않는다! 내가 기억하는 것은 증오뿐이다!』

마음만 먹으면 세계를 멸망시킬 수 있는 마왕을 『약자』 취급하다니.

하지만 실제로 이 녀석의 몸에는 상처 하나 나 있지 않다.

해치울 수 없기에 봉인이라는 수단을 취했다. 최종적으로 봉인되어 버렸다곤 해도 힘의 차는 뚜렷했다는 뜻이다.

그래, 이제 확신이 든다.

이 녀석은 지금까지 싸운 마왕과는 비교할 수 없을 정도로 강하다.

"너와는 첫 대면인데."

허둥지둥 일어나려고 하면서 누아르 씨가 말한다.

『내게 속임수는 통하지 않는다! 겉모습은 다르지만 영혼의 파동은 일치해! 네놈은 틀림없이 나를 봉인한 계집애의 전생체다!』

아무래도 『영혼의 파동』인가 뭔가로 분간할 수 있는 듯하다.

『봉인된 동안 나는 오로지 네놈을 죽이는 것만을 생각하고 살아왔다! 지금 당장 죽여 버리고 싶지만, 그래서야 쌓이고 쌓인 내 분노가 가라앉지 않아!』

따라서! 하고 목소리가 울린다.

『이제부터 네놈을 내 위장에 봉인하겠다! 서서히 몸이 녹는 공포를 맛보거라!』

"삼키면 위장을 찢을 거야."

누아르 씨가 바다표범 같은 자세로 위협하자 마왕은 턱을 흔들며 웃는다.

『최강의 방어력을 자랑하는 내게 부드러운 부위는 존재하지 않는다! 내 단단함을 잊어버린 거라면 내 특별히 생각나게 해주지!』

마왕이 탁한 눈알을 내게로 돌린다.

『약한 인간이여! 내게 맞서라! 네놈의 목숨으로 어리석은 계집애에게 내 단단함을 떠올리게 해주겠다!』

마왕이 승부를 걸어왔다.

바라던 바다!

내 주먹과 네 신체. 어느 쪽이 단단한지 시험해 주겠어!

"누아르 씨는 거기에 숨어 있어. 마왕을 때리면 파편이 튈 테니까."

나는 가방을 팽개치고 누아르 씨에게 경고했다.

마왕이 얼마나 단단한지 알 수 없는 이상, 나는 풀 파워로 때릴 생각이다.

내 주먹이 이긴다면 마왕은 틀림없이 산산조각이 난다.

지금까지는 해골이었으므로 문제없었지만 이 녀석이 산산조각 나면 여러 가지 것이 튀게 된다.

마왕의 살점이 누아르 씨에게 날아가게 할 수는 없다.

『어떤 공격을 받더라도 내가 상처 입는 일은 없다! 내게 접촉한 것은 반드시 부서지는 운명이다!』

촤악, 촤악, 뒷다리로 땅을 터는 마왕.

돌진할 셈인가!

좋아, 정면으로 응하마!

『나는 철벽! 고로 무적! 따라서 최강! 세계에서 가장 단단한 나를 죽일 수 있는 생물 따위 이 세상에 존재하지 않는다!』

"너랑 같이 도망치고 싶어."

누아르 씨가 불안한 듯이 말을 걸어온다.

최악의 결말을 겁내는 거다.

"미안해, 누아르 씨. 나, 도망칠 수는 없어."

여기서 도망치면 정신적으로 성장할 수 있는 찬스를 놓치게 되니까 말이다.

그리고 마왕의 봉인은 풀렸다――. 바로 내가 봉인을 풀었다. 여기서 도망치는 무책임한 짓은 할 수 없다.

이 녀석의 신체로는 통로를 지날 수 없겠지만, 세계에서 가장 단단하다면 통로를 파괴하면서 밖으로 기어 나오는 정도는 가능할 것이다.

내버려 두면 세계가 멸망하게 된다.

무사히 신학기를 맞이하기 위해서도 지금 여기서 《북쪽의 제왕》을 해치우지 않으면 안 된다!

"네가 이기리라 믿어."

나의 각오가 전해졌는지, 누아르 씨는 내 등을 똑바로 바라본다.

누아르 씨의 마음에 응하기 위해서도――.

나는 극한까지 단련한 이 주먹으로 마왕을 이겨내 보이겠다!

"승부다, 마왕! 전력으로 상대해 주겠어!"

『좋다, 인간! 세계최경이 얼마나 단단한지, 그 몸으로 느껴 보거라!』

껑――충.

마왕이 점프했다.

틀림없이 돌진해올 거라 생각한 나는 뜻밖의 점프에 아연실색

했다.

이 녀석, 나를 찌부러뜨릴 셈인가!

『방어야말로 최대의 공격이다아아아아아아아아아아아아!』

콰아앙!!!!
나는 마왕의 몸에 박혔다.
쩌어억, 등딱지를 뚫고 밖으로 나가자 마왕은 죽어 있었다.
마치 못을 밟은 것처럼, 내 머리가 마왕의 심장을 관통한 것이다.
왜 자멸하는 거야!
네가 무슨 《빛의 제왕》이냐!
제대로 싸우지 않으면 정신적으로 성장할 수 없다고!
그렇게 외치고 싶은 충동을 꾹 누르고 등딱지에서 뛰어내린다.
"세계최경은 네 머리구나. 이런 경우를 가리켜 뭐라고 할까? 돌대가리로는 부족한 것 같은데."
진지하게 고민하는 것 같은 누아르 씨를 안고서 나는 최북단 유적을 뒤로했다.

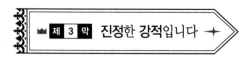

3학년이 되고 처음 맞이하는 등교일.

"안녕하심까!"

그날 아침―― 오늘부터 신세를 질 교실에서 누아르 씨와 이야기하고 있는데 에파가 문을 열고 뛰어 들어왔다.

제일 일찍 도착한 내가 말하기도 그렇지만 무척 이른 등교군. 좌석은 선착순이니 마음에 드는 자리에 앉을 수 있게 일찌감치 등교한 건가?

"이거, 선물임다!"

2학년 때와 똑같이 내 맞은편 자리에 앉은 에파는 가방에서 봉투를 꺼낸 다음 나와 누아르 씨에게 건네주었다.

"오오, 뭘 이런 걸 다! 바로 열어 봐도 돼?"

"물론임다!"

에파가 두근거리는 눈빛을 보내온다.

우리의 반응을 기대하는 눈치다.

뭐가 들어있을까? 편지 같은 거? 그렇게 보기에는 봉투가 큼직한데⋯⋯.

이것저것 예상하면서 내용물을 확인하니, 선물의 정체는 크레용으로 그려진 그림이었다. 다섯 쌍둥이가 그려 준 그림일 것이다——. 싱글벙글 웃으며 마왕을 날려 버리는 내가 그려져 있었다.

아주 편안한 모습으로.

"내 얼굴이야."

누아르 씨의 봉투에도 초상화가 들어 있었던 모양이다.

이전 에파의 집에 묵었을 때 누아르 씨는 다섯 쌍둥이와 소꿉놀이를 했었으니까, 그때 몹시 친해졌나 보다.

"기쁘다. 소중히 간직할게."

"나도 기뻐. 이거, 방에 장식할게."

"마음에 들어 하니 기쁨다! 다들 스승님하고 누아르 씨랑 또 놀고 싶다고 했으니까 말임다. 조만간 놀러 와줬으면 좋겠슴다!"

"가고 싶어."

"그러게. 그때는 답례로 선물을 준비해 가야지."

"같이 놀아 주는 게 최고의 선물임다! 그런데 스승님, 오늘 방과 후는 예정 있슴까?"

"특별히 없는데."

솔직히 말하면 지금 당장에라도 다음 유적에 가고 싶다.

여하튼 유적에는 마왕이 봉인되어 있으니까.

봉인이 풀리면 비석을 파괴하고 밖으로 나올 거다. 그전에 비석을 해독하고 싶은 바지만, 유적 순례는 누아르 씨와 같이 가지 않으면 의미가 없다.

나 혼자서 가더라도 비석을 해독할 수는 없기 때문이다.

하지만 내 사정 때문에 누아르 씨가 학교를 땡땡이치게 할 수는 없다. 장기 결석하면 출석 일수가 부족해져서 유급하게 되니까 말이다.

그래서 손을 써 뒀다.

어제 큐르 씨에게 유적 조사를 부탁한 것이다.

큐르 씨가 잘해 준다면 늦어도 이번 주 내로 모든 비석을 해독할 수 있다──.

잘 풀리면 다음 주부터 마법사로서 수업에 참가할 수 있다!

"혹시 괜찮으면 나중에 지도해 줬으면 좋겠슴다!"

"좋아! 연휴 동안 얼마나 성장했는지 기대하고 있을게!"

"연습 뒤엔 같이 밥 먹자!"

그렇게 말하며 페르미나 씨가 내 옆자리에 앉는다.

"이거, 선물임다!"

"와아, 선물이 있어?! 고마워! ──이거, 내 얼굴이네! 이렇게 미인으로 그려 줘서 너무 기뻐! 그런데 되게 즐겁게 웃고 있네!"

"맛있게 불고기를 먹고 있는 모습임다!"

"진짜 맛있게 그렸다!"

식욕을 자극한 것인지 페르미나 씨는 집어삼킬 듯이 초상화를 바라보고 있다. 그 반응이 만족스러웠는지 흐뭇하게 웃고 있던 에파는 문득 생각난 것처럼 나에게 말했다.

"그런데 스승님, 캠핑은 즐거웠슴까?"

"그러고 보니 두 사람은 캠핑 간다고 했었지! 어떤 곳에 갔어? 산? 강?"

"설국."

누아르 씨는 『유적에 갔다』고도 『마왕을 봤다』고도 하지 않았다.

마왕의 존재를 밝히면 다들 무서워할 것 같아서 비밀에 부치기로 했기 때문이다.

"설국이라. 감기 안 걸렸어?"

"안 걸렸어. 애쉬가 따뜻한 옷을 사줬거든."

"애쉬 군 진짜 다정하다!"

"다정했어. 양말도 신겨 주고, 밥도 먹여 주고, 업어 주기까지 했으니까."

"누아는 응석꾸러기구나!"

"저도 스승님과 캠핑 가고 싶슴다!"

"그럼 조만간 강화 합숙하자!"

"좋네요! 강화 합숙하고 싶슴다!"

강화 합숙이라고 해도 무투가로서 수행하는 건 아니지만 말이다. 내가 강화할 건 마력이다. 그날까지 마력을 손에 넣고, 마법사로서 수행에 임하리라!

"자—. 다들 자리에 앉으렴—!"

그 후 두 사람의 휴가 이야기를 듣는 동안 차례로 급우들이 등교했다. 그리고 마지막으로 엘리나 선생님이 왔다.

"거의 낯익은 얼굴이지만 혹시라도 나를 모르는 아이를 위해서 자기소개를 할게. 너희들의 담임을 맡을 엘리나야! 그리고 ＿＿＿."

엘리나 선생님이 복도로 시선을 돌린다. 그러자 소위 고스로리 같은 스타일을 한 누나가 교실에 나타났다.

콜론 씨의 제자―― 샤름 씨다.

다들 샤름 씨의 등장에 깜짝 놀라는 표정을 지었지만, 나는 이에 관해 사전에 들었다.

임시 강사로 일하던 샤름 씨는 학원장 대리인 아이짱의 권유를 받아 정식 교원이 되었다고 한다.

내가 그 이야기를 들은 것은 바로 어제. 최북단 유적에서 돌아온 나는 일단 마법 기사단 총장인 아이짱에게 마왕 이야기를 전달하기로 했다.

그 후 아이짱에게 요청해 큐르 씨를 호출, 다음과 같은 부탁을 했다.

마왕이 부활하면 비석이 파괴될지도 모른다. 그것만은 어떻게 해서라도 피하고 싶으므로 비석의 문자를 필사해 줬으면 한다――라는 부탁이다.

그랬더니 기꺼이 들어주었다.

큐르 씨는 순간이동도 사용할 수 있고, 온갖 마법을 자유자재로 구사할 수 있으니까 지금쯤 이미 어딘가의 유적을 방문하고 있을 것이다.

모두가 말똥말똥 쳐다보는 가운데 샤름 씨는 주저하면서 입을 연다.

"본인은 너희들의 부담임을 맡은 샤름이라 한다."

그 순간 박수가 나왔다.

"부담임이라는 말은 매일 그 수업을 해주는 건가요?"

"홈룸 시간 때 해줬으면 좋겠슴다!"

"또 최면 좀 걸어 줬으면 좋겠어."

슬프게도 내게는 통하지 않았지만, 샤름 씨의 최면 마법을 사용한 수업은 재밌었다는 평가가 많았고, 샤름 씨는 눈 깜짝할 사이에 모두에게 인기 있는 선생이 되었다.

"본인, 노력하겠다……!"

샤름 씨도 기쁜 듯이 미소 짓고 있다. 전에는 『일하기 싫다』라든가 『죽을 때까지 빈둥거리고 싶다』 같은 소리를 했었지만 교사 생활에 보람을 느끼게 된 모양이다.

"자자, 조용! 조용——!"

엘리나 선생님의 말에 웅성대는 소리가 조금씩 가라앉았다.

"그럼 시업식 전에 출석 체크할게! 출석 체크가 끝나면 간단하게 자기소개를 해줘! 먼저 애쉬 군!"

"네!"

"여전히 팔팔하구나! 다음은——."

큐르 씨가 돌아오는 걸 마음속으로 기다리면서 나는 자기소개 내용을 생각했다.

◆

　큐르가 찾아간 곳은 최남단의 유적이었다.

　최북단 유적은 눈이 많이 내리는 지방에 있지만 최남단 유적은 열대 지방에 있다——. 유적에서 한 발자국 밖으로 나가면 밀림이 펼쳐져 있는 곳이다.

　동굴 안에도 피부에 달라붙는 듯한 열기가 감돌지만 큐르는 마법으로 냉풍을 걸치고 있기 때문에 땀 한 방울 흘리지 않고 유적 최심부에 다다를 수 있었다.

　통로와 봉인의 방을 가로막은 벽—— 비석에는 빼곡하게 문자가 새겨져 있다.

　"여기에 오는 것도 오늘로 마지막인가."

　그렇게 생각하니 감회가 깊어졌다.

　어려서부터 마법 재능이 남달랐던 큐르는 엘슈타트 마법 학원에 입학할 무렵에는 이미 세계최강의 마법사가 되어 있었다.

　강해지기 위해서 노력하는 학생을 보고 있으면 부러워져서 스스로 보람찬 일을 추구하게 되고——.

　유적과 만났다.

　그 뒤로 몇 년의 세월이 지났지만 큐르는 아직도 극히 일부밖에 비석을 해독하지 못했다. 그런 때 애쉬에게 『누아르 씨는 비석을 해독할 수 있다』는 말을 들었다.

　어떻게 읽을 수 있는지까지는 가르쳐 주지 않았으나—— 큐르는 『아득히 예전에 누아르라는 마법사가 무언가를 봉인했다』라는 부분까지는 자력으로 해독했다. 우연히 일치한 것뿐이라고 생각했었는데, 필시 누아르는 비석을 남긴 누아르와 깊은 연관이 있을 것이다.

좌우간.

자력으로 수수께끼를 풀어낼 수 없는 것은 분하지만 솔직히 해독은 교착 상태에 빠져 있었다.

무엇이 쓰여 있는지 알고 싶고, 애쉬의 힘이 되어 주고도 싶다. 그리고 무엇보다 이대로는 마왕의 봉인이 풀려 비석이 파괴되고 만다.

그것은 큐르로서도 바라는 바는 아니어서 애쉬의 부탁을 기꺼이 수락해 비석을 필사하러 이 장소를 방문한 것이다.

"다 됐다."

빼곡하게 새겨진 문자를 큐르는 마법으로 노트에 복사한다.

"곧바로 다음 유적으로 향해도 되지만…… 무엇이 쓰여 있는지 얼른 알고 싶으니 우선 학원으로 돌아갈까."

그러기로 정한 큐르는 위저드 로드로 순간이동 룬을 그린다.

바로 그때.

흐물흐물흐물흐물흐물흐물흐물흐물흐물흐물흐물흐물흐물흐물──.

갑자기 비석이 새빨개지더니 주르륵 녹아내렸다.

"……!"

녹아내린 비석이 용암처럼 들이닥친다.

냉풍을 몸에 감고 있는데도 피부에서 타는 듯한 열기를 느낀 큐르는 즉시 물러섰다. 이대로 유적을 떠나고 싶은 바지만 그럴 수는 없다.

　해야 할 일이 생겼기 때문이다.

　"……."

　큐르는 평소와 다르게 진지한 눈빛으로 흐물흐물 녹아 가는 비석을 가만히 쳐다본다.

　비석 너머에는 공동이 펼쳐져 있고――.

『호호호. 내 화려한 부활극에 입회하시다니, 세상 운이 좋은 인간이로군요. 당신의 영혼을 먹어 그 운을 내 것으로 만들어 드리죠!』

　봉인의 방에서 몸에 불길을 감은 새가 튀어나왔다.

　"너, 너는―― 마왕이냐?"

　냉정함을 유지하려고 하지만 잘되지 않는다.

　이 상황에서 침착하게 있을 수 있는 자는 애쉬 정도밖에 없을 것이다.

　물어보긴 했으나 대답은 듣지 않아도 명백하다――. 봉인의 방에서 나타난 이상 이 커다란 새의 정체가 마왕이라는 것은 틀림없다.

　큐르도 모험가로서 수많은 마물을 해치워 왔지만, 이렇게 마왕과 대치하게 되니 아무래도 평정을 지킬 수가 없었다.

『호호호. 울화통 터지는 계집애한테 봉인당하고 2천 년의 세월이 흘렀지만, 내 무서움은 충분히 구전된 모양이네요.』

"질문에 대답해!"

『성급한 인간이군요. 그래요, 세계최열의 이명을 가진 마왕── 《남쪽의 제왕》 사우스 로드란 바로 나를 가리키는 이름이지요.』

"여, 역시……."

기어이 확인된 무시무시한 사실에 큐르는 저도 모르게 팔다리가 후들거렸다.

애쉬 왈『《노스 로드》는 자멸했어요.』라고 했다.

그 이야기를 듣고 큐르는『이번 마왕은 약할지도 모른다』고 생각했으나── 어디까지나 애쉬가 이상했을 뿐이었다.

실제로 마왕과 대치하면 싫어도 알 수 있으리라.

마왕은 너무나도 강하다는 것을.

그렇다 해도.

긍지 높은 용자의 제자로서 아무것도 안 하고 도망칠 수는 없다. 아무것도 안 하고 도망치는 건 스승인 필립의 얼굴에 먹칠하는 행위니까.

그리고 압도적인 힘의 차가 있다 해도 전혀 승산이 없는 것은 또 아니다.

"너는 방금 내 영혼을 먹는다고 했지. 그건 나를 죽인다는 의

미냐? 그렇다면 그게 이루어질 일은 없어!"

『호호호. 이상한 소리를 하는 인간이군요. 설마 인간 주제에 이 나를 이길 수 있다고 생각하는 건가요?』

불길을 휘감은 새인가.

새처럼 생긴 불길인가.

그 정체는 지금 단계에서는 분명하지 않지만――《남쪽의 제왕》이 불길을 사용해 공격해 오리란 것은 틀림없다.

따라서 불길만 꺼버린다면 《남쪽의 제왕》 따위, 하나도 무서워할 거 없다!

"너를 알몸으로 만들어 주지!"

큐르는 순식간에 아쿠아 캐논 룬을 완성시켰다. 마왕을 통째로 삼킬 수 있을 정도로 커다란 물 대포알이 발사된다.

촤아아아아아아아아아아아아아아아아아아아아――――.

아쿠아 캐논이 명중한 순간, 시야를 전부 덮을 정도로 엄청난 양의 수증기가 발생했다. 몸을 식히는 마법을 사용하지 않았다면 지금쯤 큐르는 찜이 되어 있었을 것이다.

정상적인 상대라면 지금 쏜 물 대포알로 소멸하겠지만 상대는 마왕이다. 방심은 금물. 불사신이라고 생각하고 싸워야만 한다.

"계속 간다!"

큐르는 잇달아 아쿠아 캐논을 발사했다.

새하얀 증기로 인해 아무것도 보이지 않는 이상 마력이 다할 때까지 공격을 늦출 생각은 없다.

하지만.

『──인간이라는 건 어느 시대나 그 발버둥질이 참 좋아요.』

불쾌한 목소리의 울림에 큐르는 또다시 팔다리가 후들거렸다.
몸이 공포에 지배되어 룬을 그리는 손이 멈추고 만다.
다음 순간 큐르는 눈을 의심했다.

"이, 이럴 수가…… 왜 꺼지지 않는 거지?!"

마왕의 불길은 활활 타고 있었다.
설마 물 대포알이 명중하지 않은 걸까. 아니면 피한 걸까. 그런 생각이 들었지만 수증기가 발생했다는 것은 확실히 명중했다는 말이다. 정통으로.
그런데 어떻게 《남쪽의 제왕》은 아무 일도 없었던 것처럼 행동하고 있단 말인가──!
그 답은 자명했으나 큐르는 받아들일 수 없었다.
받아들이면 마음 저 밑에서부터 공포에 지배당하고 말 것이라 생각했기 때문이다.

『호호호. 이거, 이거 참으로 이상한 소리를 하는군요. 나는 세계최열의 마왕입니다. 이 세상 모든 것은 내게 전부 불타 버릴

운명일 게 당연하지 않습니까.』

　"세, 상에⋯⋯."
　큐르는 태어나서 처음으로 진정한 절망을 맛보았다.
　추위가 아닌 이유로 몸이 이토록 떨리는 것은 처음이다.
　어떻게 몸부림쳐도 결코 뒤집을 수 없는 압도적인 힘의 차를
깨닫고── 큐르는 공포와 원통함에 눈물을 흘린다.
　모든 것을 모조리 태우는 불길──.
　그 불길을 온몸에 감은 《남쪽의 제왕》은 공수 양면에서 최강
이다.
　이쪽의 공격은 일절 통하지 않는다.
　저쪽은 건드리기만 해도── 아니, 접근만 해도 큐르의 목숨
을 앗아갈 수 있다.
　지금까지의 마왕과는 달리 단순히 존재만으로도 너무나 위협
적이다.
　이런 괴물을, 도대체 어떻게 무찔러야 한단 말인가!

『이제 아시겠죠? 세계최강의 방어력을 자랑하고, 세계최강
의 공격력을 자랑하는 나야말로 세계최강이라는 사실을.』

　큐르는 고개를 푹 숙였다.
　"⋯⋯나의 패배다."
　하지만, 하고 얼굴을 들고서 눈물을 닦는다.

"세계최강은 네가 아니야. 세계최강은 애쉬 군이니까! 네가 우물 안 개구리라는 사실을 깨닫게 해주겠어!"

큐르는 눈물을 흘리며 소리치고, 순간이동을 사용해 엘슈타니아로 달아났다.

◆

"——그런 연유로 애쉬 군이 《남쪽의 제왕》 사우스 로드를 무찔러 주면 좋겠어."

시업식 인사를 마친 아이짱에게 심각해 보이는 얼굴로 호출받아 학원장실로 향했더니, 큐르 씨에게 사건의 전말을 듣게 됐다.

"알았어요. 마왕은 제게 맡겨 주세요!"

오늘은 수업이 없으니까.

에파를 지도할 예정이었지만—— 마왕의 봉인이 풀렸다면 이야기가 다르다.

에파는 내일 알차게 지도해 주자.

"그런데 큐르 씨, 별일 없었어요?"

"물론이지. 네가 부탁한 노트는 잘 지켜 냈어! 좀 축축해졌지만 금방 마를 거야."

확실히 노트의 안부도 궁금하긴 했지만, 내 말은 그게 아니다.

"저는 큐르 씨를 걱정하고 있는 거예요."

"내 걱정을?"

큐르 씨는 당황한 것처럼 눈을 껌뻑인 다음 천천히 미소 지었다.

"너랑 있으면 나는 걱정의 대상이 되는구나."

"그게 무슨 말이에요?"

큐르 씨를 유적에 가게 한 사람은 나다. 나로서는 걱정하는 게 당연하다고 생각하지만……

"나는 어렸을 때부터 워낙 강했으니까 말이지. 누가 내 걱정을 하는 일은 거의 없었어. 거기다 그 필립 스승님에게 재능을 칭찬받았단다. 그래서 솔직히 자만했었지."

수긍이 간다.

만약 필립 씨에게 마법으로 칭찬받으면, 난 아예 실신할 테니 말이다.

나는 스승님에게 『아직 많이 미숙하다.』라는 말을 들어 왔지만, 콜론 씨와 마찬가지로 필립 씨도 칭찬해서 성장시키는 게 교육방침이었던 모양이다.

"그래도 큐르 씨가 세계최강의 마법사인 건 사실이에요."

"그래. 네게는 불쾌한 말로 들릴지도 모르지만 나는 변변한 수행도 없이 세계최강이 됐어. 하지만…… 이번 사건으로 인해 자만했다는 걸 깨닫게 됐어. 마왕에게 참패하고 눈물을 흘리다니……. 이토록 분한 감정을 느끼기는 처음이야."

고개를 숙인 채 한숨을 쉬던 큐르 씨가 얼굴을 든다.

그 눈동자에 이글이글 타는 의욕의 불길이 깃들어 있었다.

"그래서 나는 결심했지. 다시는 이 원통한 마음을 느끼지 않도록 오늘부터 진지하게 수행하기로! 그리고 너보다 강한 마법사가 될 거야!"

"바라는 바예요!"

에파도 그렇고, 페르미나 씨도 그렇고, 큐르 씨도 그렇고——주변에 노력하는 사람이 있으면 수행하기에 더할 나위 없는 환경이 된다.

모두의 곁에 있으면 없던 의욕도 솟는다.

"물론 수행을 시작하기 전에 남은 비석의 내용도 복사할 거야."

"제 일은 신경 쓰지 않아도 돼요!"

큐르 씨는 지금 당장에라도 수행을 시작한 것처럼 행동하고 있으니까 내 사정으로 방해할 수는 없다.

"괜찮겠어?"

"물론이에요! 큐르 씨는 먼저 수행을 시작해 주세요! 저도 금방 마법사가 되어서 수행에 착수할 테니까요!"

힘주어 말하자 큐르 씨는 빙그레 웃는다.

"응원해 줘서 기뻐. 네 마음에 부응하기 위해서도 오늘부터 착실히 수행할게! 그렇지만 무사히 수행할 수 있을지 어떨지는 『남쪽의 제왕』에게 달렸지만 말이지."

큐르 씨는 목숨을 걸고 비석을 필사해 줬으니 내가 할 수 있는 사례라면 뭐든 할 거다. 마왕을 해치워야 수행에 집중할 수 있다면, 나는 지금 당장에라도 싸우러 갈 생각이다.

"마왕은 지금 어디에 있는 건가요?"

"이 학원을 목표로 북상 중이야."

"여기로 향하고 있다고요?!"

아이짱이 비명을 질렀다.

왕녀이자 마법 기사단 총장이며 학원장 대리이기도 한 아이짱에게 마왕의 목적지가 『엘슈타트 마법학원』이라는 건 중대 사태이기 때문이다.

"분명 애쉬 군을 해치우러 오는 걸 거야."

그렇게 말한 다음 큐르 씨는 『강자가 있는 곳을 나타내는 지도』를 테이블에 펼쳤다. 지도에 표시된 파란 점은 『큐르 씨와 동급인 생물』, 빨간 점은 『큐르 씨보다 급이 높은 생물』을 의미한다.

동쪽과 서쪽의 빨간 점에 움직임은 없지만── 전날까지 최남단에 있었을 빨간 점은, 지금은 학원 방면으로 움직이고 있었다.

이 페이스라면 저녁때에는 엘슈타니아에 도착할 것이다.

마을에는 마물 퇴치 결계가 있지만, 이전의 마왕에게 돌파당했었다. 마왕 레벨이라면 간단히 결계를 돌파할 수 있다고 봐야 한다.

그냥 내버려 두면 엘슈타니아는 불바다가 될 것이다.

"그런데 어떻게 애쉬 군이 있는 곳을 안 걸까?"

"그러한 마법을 사용한 건 아닐까요?"

큐르 씨와 아이짱은 이상하다는 듯이 고개를 갸웃거린다.

하지만 나는 알고 있다.

마왕의 표적이 누구인지를.

그리고 어떻게 그 표적이 있는 곳을 찾아냈는지를.

요전의 《북쪽의 제왕》과 마찬가지로 《남쪽의 제왕》도 《얼음의 제왕》에게 복수하고자 마음먹고, 영혼의 파동인가로 있는 장소를 파악했을 것이다.

마왕의 목적은 바로 누아르 씨.

그렇다면 내가 마왕에게 향해 봤자 무시하고 그냥 지나칠 터.

거꾸로 말하면 누아르 씨를 데리고 황야나 어딘가에서 매복하면 엘슈타니아는 불바다가 되지 않는다는 얘기다.

물론 그 경우 누아르 씨는 목숨을 걸고 지키겠지만 말이다.

"저, 마왕을 해치우고 올게요!"

"부탁해요. 애쉬 씨라면 반드시 이길 수 있을 거라 믿어요!"

"나도 믿어. 하지만…… 경계를 소홀히 해선 안 돼. 이번 마왕은 지금까지의 마왕과는 격이 다르니까."

"네. 저도 그렇게 생각해요."

큐르 씨의 이야기를 듣는 한 이번 마왕은 상당한 강적 같으니까 말이다.

비유하자면 소형 태양. 너무나도 뜨거운 《남쪽의 제왕》은 건드리는 것은 고사하고 가까이 접근하기조차 어렵다.

그 정보만으로도 《북쪽의 제왕》보다 강하다는 것을 알 수 있다.

공수에 있어 최강인 《남쪽의 제왕》은 필시 유례가 없을 정도로 강력한 적이리라.

즉, 정신력을 단련하기에 안성맞춤인 상대다!

"……이길 수 있을 것 같니?"

실제로 마왕의 힘을 목격한 큐르 씨는 불안한 목소리로 물었다.

"솔직히 힘든 싸움이 될 거라고 생각해요. 그렇지만 반드시 이겨 보일게요!"

큐르 씨는 미소 지었다.

"그래. 너는 정말로 믿음직하구나."

"이 세계의 존망은 애쉬 씨에게 걸려 있어요. 부디 마왕을 해치워 주세요!"

"맡겨 주세요!"

힘차게 말하고, 나는 학원장실을 떠난다.

곧바로 교실로 돌아오자 반 애들은 조금밖에 남아 있지 않았다. 종례 시간은 끝난 모양이다.

그런 가운데 누아르 씨와 에파는 남아 있었다.

"아, 스승님! 지금부터 식당에 가려는데 같이 어떻습까? 페르미나 씨도 먼저 가서 기다리고 있습다!"

"미안. 급한 용무가 들어왔거든."

"급한 용무요?"

"응. 그러니 연습은 내일 하자, 괜찮지?"

"물론임다! 오늘은 연휴 중에 고안해 낸 새로운 기술을 복습하기로 하겠습다!"

"기대하고 있을게! 참, 누아르 씨에게는 부탁이 있어."

"반쪽이면 돼?"

누아르 씨가 먹다 만 멜론빵을 내민다. 맛있어 보이지만 내가 하려는 부탁은 반만 달라는 게 아니다.

"멜론빵은 누아르 씨 혼자 다 먹어도 돼."

"하지만 같이 먹는 편이 더 맛있어."

"그럼 한 입만이라도 먹을까. ——고마워."

"에파도 줄게."

"고맙습다! ——우와아, 이거 맛있습다!"

"맛있지? 『겉은 바삭, 안은 폭신 ♪ 찰지고 탱탱한 뺨이 녹아 나는 꿈의 말랑말랑한 멜론빵』이야."

누아르 씨는 어쩐지 자랑스럽게 말했다.

"그래서 부탁이란 건 뭐야?"

"거북이의 동료가 나타났다——고 하면 알겠어?"

이런 곳에서 마왕의 봉인이 풀렸다고는 할 수 없기 때문이다. 그래서 은어로 말했지만 누아르 씨는 고개를 끄덕였다.

"전달됐어."

"자세한 건 이동하면서 이야기할 테니 나를 따라와 줬으면 좋겠어."

"따라갈게."

그렇게 나와 누아르 씨는 《남쪽의 제왕》을 맞아 싸우러 갔다.

◆

누아르 씨를 업고 달리길 1시간——.

"이쯤이면 되겠다."

엘슈타니아에서 멀어진 나는 모래 먼지가 날리는 황야에 누아르 씨를 내려놓았다.

"마왕은 언제쯤 올까?"

누아르 씨가 흐트러진 머리칼을 손가락으로 매만져 정돈하면서 묻는다.

"내 쪽에서도 다가갔고, 앞으로 1, 2시간쯤 아닐까."

"그래……."

누아르 씨의 얼굴에 살짝 긴장감이 떠올랐다.

마왕의 목적은 누아르 씨이니 그럴 만도 하다. 마왕의 표적이라는 생각에 불안해서 견딜 수 없을 것이다. 시가지라면 마법 기사단이 지켜 주겠지만 여기에는 나밖에 없다.

반드시 지켜 내리라!

"뭘 하고 있는 거야?"

구멍을 파기 시작한 나를 보고 누아르 씨가 어리둥절했다.

"구멍을 파고 있어."

"보면 알아. 그런데 왜 손으로 파는 거야? 펀치로 때리면 더 빨리 팔 수 있어."

"그러면 깊이를 조절하기 어려워."

"깊으면 더 좋은 거 아니야?"

"덫을 놓는 거라면 확실히 깊은 편이 더 많은 타격을 줄 수 있지만, 지금은 그게 아니니까."

딱히 덫을 만들고 있는 건 아니다. 애당초 이번 마왕은 새이기도 하고. 하늘을 날 수 있는 상대에게 함정은 통하지 않을 것이다.

"됐다. 자, 들어가."

"내가?"

깊이 120센티 정도의 구멍을 보고 누아르 씨가 당황한다.

"응. 구멍에 숨지 않으면 위험하니까."

"알았어. 하지만 곁에 있어 줬으면 좋겠어."

"물론 근처에 있을 거야."

마왕의 목적은 누아르 씨니까 말이다.

근처에 너무 오래 있으면 싸움에 휘말릴 우려가 있지만, 그렇다고 너무 떨어지는 것도 위험하다.

그래서 구멍을 판 것이다.

"지금 들어가서 어떤 느낌인지 확인해 봐."

"들어가 볼게."

누아르 씨는 구멍 안으로 이동한다. 그리고 목만 남긴 채 구멍에 몸을 숨겼다.

"괜찮은 느낌이야."

"다행이다. 그래도 마왕이 오면 머리를 움츠리는 편이 좋겠어, 머리카락이 타면 큰일이니까."

누아르 씨는 고개를 끄덕이고,

"하지만 네 폐활량이라면 불을 후욱 날릴 수 있어."

확실히 누아르 씨의 말대로다. 육탄전은 위험하겠지만 내게는 원거리 무기가 있으니 말이다. 정권 찌르기를 하면 풍압을 날릴 수 있고, 입김을 부는 것도 효과적이다.

물론 직접 후려갈기는 것보다는 위력이 떨어지겠지만, 거리를 두고 싸울 수 있다는 이점이 있다. 마왕을 해치울 수 있을지 어떨지는 제쳐놓고.

하지만 그러면 안 된다.

안전제일 마인드로 싸워 봤자 정신적으로 성장할 수는 없다.

공포를 극복해야만 정신적으로 성장할 수 있다.

"들어 줘, 누아르 씨."

나는 웅크리고 앉아 머리만 남은 누아르 씨에게 말을 건다.

"들을게."

"이번 마왕은 내가 정신적으로 성장할 수 있는 절호의 상대야. 그래서 나는 이 주먹 하나로 마왕과 싸우고 싶어."

세계최열을 때리는 건 자살행위나 다름없다.

정면으로 맞서다간 몸이 타버릴지도 모른다.

바로 그렇기에 시도해 볼 가치가 있다.

불탈지도 모른다는 공포를 이겨냄으로써 나의 정신력은 비약적인 성장을 이루고──마력을 손에 넣어 마법사가 되는 거다!

"나, 절대로 죽지 않을게. 반드시 이겨 보일게. 그러니 나를 믿어 주지 않겠어?"

"믿을게."

"고마워, 누아르 씨! 난 이 싸움으로 크게 성장할 거야! 그리고 내일 수업은 마법사로서 참가하겠어."

"내일은 휴일이야."

나는 투지를 불태우면서 마왕이 오기를 기다린다.

두근거리는 마음으로 하늘을 올려다보니 구름 속에서 웬 비행 물체가 모습을 보였다. 응시하니, 불길을 감은 새가 보인다.

하늘의 저편에서 날아온 새는 이쪽으로 쭉쭉 다가와 15미터 정도 전방에 내려섰다.

"너무 뜨거워."

누아르 씨는 벌써 땀투성이가 되어 있다.

"위험하니까 숨어 있는 편이 좋아."

"알았어."

냉큼 머리를 움츠리지만 얼굴만은 살며시 내비친다.

승부의 향방이 궁금한가 보다. 강제로 밀어 넣는 것도 내키지 않고, 마왕이 공격을 걸어올 때까지는 이대로 있게 해 줄까.

『이 영혼의 파동. 혹시나 했는데 역시나 그 울화통 터지는 계집이었군요! 이 어찌나 운이 따라 주는 것인지! 봉인이 풀린 당일에 당신을 불태울 수 있게 될 줄은 몰랐어요!』

예상대로 목적은 누아르 씨인가.

숙적을 발견한 마왕은 몹시 흥분한 것처럼 날개를 퍼덕이고 있다.

그때마다 모래 먼지가 날려서 누아르 씨가 재채기한다. 눈을 쓱쓱 문지르며 서서히 울상이 되고 있다.

이 싸움이 끝나면 안약을 사 줘야겠다.

"마왕! 네 상대는 바로 나다!"

『호오! 제법 위세가 좋은 인간이군요! 당신 같은 바보는 오늘로 두 번째예요! 거참, 무지란 무섭군요.』

"무지라니, 잘못 짚었어. 너는 세계최열의 마왕──《남쪽의 제왕》 사우스 로드지?"

『호호오! 그걸 알면서 앞길을 막아섰나요. 어리석은 인간이군요. 자, 그러면 대체 어떻게 저를 상대할 셈인가요? 어떤 수단을 쓰더라도 불타 재가 될 운명인데 말이죠!』

"내 무기는 이거다!"

나는 주먹을 꽉 쥔다.

『이 내게? 주먹으로? 도전? 호──호호!』

퍼덕퍼덕 날개를 펄럭이고 비웃는 마왕.

"웃기려고 한 말이 아니야! 나는 진심으로 너를 때려눕힐 거니까!"

『유쾌하군요! 유쾌해요! 지금까지 많은 인간을 불태워 왔지만 당신 같은 바보는 처음입니다!』

펄럭.

마왕이 위협하듯이 날개를 편다.

모래 먼지가 피어오르고, 시야가 갈색으로 물든다. 등이 오싹오싹 떨리고, 몸 안쪽에서 무언가가 치밀어 오른다.

몸은 큰일을 앞둔 흥분에 후들거린다.

무언가의 정체는 틀림없이 공포다.

이거야, 이거!

나는 이런 승부를 바랐어!

이런 강적을 원했다고!

──《어둠의 제왕》처럼 마물을 조종해 싸우게 하는 게 아니라.

──《땅의 제왕》처럼 자기가 강해 보이게 무장하는 게 아니라.

──《빛의 제왕》처럼 상대의 힘을 흉내 내는 게 아니라.

──《바람의 제왕》처럼 평범하지 않고.

──《무지개의 제왕》처럼 허세를 부리지 않고.

──《북쪽의 제왕》처럼 자멸하는 요소가 없는.

이번 마왕은──《남쪽의 제왕》은 진정한 강적이다!
지금까지의 마왕과는 명백히 격이 다르다!
그렇기에 나는 설레고 있는 거다!

『우쭐대는 인간이여. 당신은 죽기 직전에 깨닫게 되겠죠. 이 세상에는 결코 건드려선 안 되는 것이 있음을!』

"그래도── 내 주먹은 너를 부술 거야! 승부다, 마왕!"

『좋습니다! 오랜만에 보는 어리석은 인간이여! 이 내게 맞서 겠다면 흔적도 없이 태워 드리죠!』

"어디 한번 해 봐! 역으로 해치워 주게에잇춰!"

투우웅!!!!

재채기한 순간 마왕이 날아갔다.

활활 타고 있었던 불길은 사라지고 온몸에 자그마한 구멍이 나 있다.

마왕은 죽어 있었다.

"내가 본 게 바르면 재채기에 죽었어."

멍하니 서 있는데, 누아르 씨가 달려와서 가르쳐 주었다.

"그, 그럴 리 없어. 왜냐면, 이 녀석, 지금까지의 마왕과는 다르다고? 나, 등줄기가 오싹했단 말이야. 뭔가, 이렇게…… 몸 깊숙한 곳에서 치밀어 오르는 게 있었다고."

"그건 재채기의 전조야."

나는 누아르 씨에게 논파당했다.

그렇구나. 내 재채기를 뒤집어쓰면 산탄총에 맞은 것처럼 되는구나. 앞으로 재채기할 때는 꼼꼼하게 손으로 막아야겠다.

"돌아갈까?"

고개를 끄덕이는 누아르 씨를 업고서 나는 학원으로 되돌아갔다.

재채기한 날 밤.

나는 학생 기숙사의 내 방에서 한껏 설레는 중이었다.

방의 불을 켜려면 스위치에 마력을 흘려 넣어야 한다──. 따라서 평소엔 어두운 내 방이지만 오늘은 밝았다.

누아르 씨가 마력을 넣어 준 덕택이다.

물론 그 이유 하나로 방에 데려온 건 아니다.

"……."

테이블을 사이에 둔 맞은편에 누아르 씨가 앉아 있다. 진지한 얼굴로 노트에 시선을 내리고 있다.

시험공부 중에 자주 본 광경이지만 이번에는 평범한 노트를 보고 있는 게 아니다. 바로 큐르 씨가 목숨을 걸고 유적에서 가지고 돌아와 준 노트다.

황야에서 학원장실로 직행한 나는 아이짱과 큐르 씨에게 사건의 전말을 전하고── 큐르 씨로부터 비석의 문자를 옮겨 적은 노트를 받았다.

그 후 1시간, 방에 돌아온 나는 누아르 씨에게 해독을 부탁했고, 이렇게 정좌하여 기다리는 중이다.

"……다 읽었어."

타앙, 노트를 덮고 누아르 씨가 나를 가만히 응시한다.

"어, 어땠어?"

북쪽 유적의 비석에는 욕밖에 쓰여 있지 않았으나 《얼음의 제왕》은 거기에서 모든 것을 토해내고 후련했을 터.

나는 한 글자도 읽지 못하지만 노트에 빼곡하게 문자가 기록되어 있으니까 말이다. 속이 후련해진 《얼음의 제왕》이 새로 1만 자가 넘는 욕을 장황하게 기록했으리라고는 생각되지 않는다.

다시 말해 이번에는 유익한 정보가 남아 있을 가능성이 크다!

마력 획득의 단서가 남겨져 있어도 이상하지 않은 것이다!

부탁한다, 제발 그래 줘!

"결론부터 말하면 전부 욕이었어."

농담, 이지……?

"지, 진짜로 욕만 있어?"

"진짜로 욕뿐이야. 굳이 말하면…….."

누아르 씨가 다음 말을 하려고 한다.

그 순간 내 마음에 한 줄기의 광명이 비쳤다.

그러고 보니 조금 전 『결론부터 말하면』이라고 했었지. 그 말은 추가로 전달하고 싶은 바가 있다는 뜻이다.

욕 안에 마력 획득의 단서가 남겨져 있을지도 모른다!

부탁한다, 제발 그래 줘!

"굳이 말하면 욕이 늘었어."

하긴. 그렇겠지. 그만큼 욕을 썼는데, 당연히 어휘력도 오르겠지.

틀림없이 북쪽 유적에서 분노를 다 털었으리라 생각했지만, 생각해 보니 왜 욕을 썼는지는 알 것도 같다. 굳이 따지자면 《북쪽의 제왕》보다 《남쪽의 제왕》 쪽이 성격도 나빴고 말이다.

"도와줘서 고마워. 도움이 됐어."

수확은 없었으나 누아르 씨에게는 진심으로 감사하고 있다.

목숨을 걸고 비석의 내용을 옮겨 적어 준 큐르 씨에게도 정식으로 감사 인사를 하고 싶지만, 큐르 씨는 노트를 남기고 수행 여행을 떠나 버렸다.

큐르 씨는 마법사로서 점점 더 높은 경지로 오르고 있는데, 나는 마력조차 깃들지 않는다. 그렇게 생각하자 마음속이 무척 갑갑해졌다.

빨리 마력을 갖고 싶다!

마법사로서 수행하고 싶다!

그러기 위해서는 서쪽과 동쪽 유적에 가지 않으면 안 된다.

4분의 2가 욕이었으니, 남은 비석 역시 욕뿐일지도 모르지만 —— 실제로 확인해 보지 않으면 모르는 거니까!

"네 도움이 돼서 기뻐. 다음에 또 언제 유적 순례를 갈 거야?"

최북단의 봉인은 내가 풀었지만 최남단의 봉인은 멋대로 풀렸으니까 서쪽과 동쪽의 봉인이 풀리는 것도 시간문제다. 그렇게 되면 비석이 파괴되고 만다.

다음 유적 순례는 장기 휴가에 실시할 예정이었지만, 이렇게 된 이상 되도록 빨리 출발해야겠다.

"유적 순례는 되도록 빨리 재개할 건데, 누아르 씨는 여기서 기다려도 돼."

누아르 씨는 학생 생활을 즐기고 있다. 억지로 유적 순례에 데려가고 싶지는 않다.

그래서 나는 혼자 유적으로 향해서 비석을 노트에 베껴 쓸 작정이다. 큐르 씨처럼 복사 마법은 사용할 수 없지만, 시간만 들이면 정확하게 베껴 쓸 수 있다.

"나를 두고 가지 말아 줘."

"그렇지만 나랑 가면 수업을 빠져야 하는데?"

"유급은 각오한 바야."

누아르 씨……. 나를 위해서 그 정도의 각오를…….

"고마워. 하지만 유급 걱정할 필요는 없어."

"어째서?"

"아이짱한테 출석으로 쳐줄 테니 빨리 마왕을 해치워 달라는 부탁을 받았거든. 대답은 보류했지만, 누아르 씨가 따라와 주겠다면 지금 바로 대답하고 올게."

"같이 갈래. 언제 갈 거야?"

"내일모레 출발하게."

내일은 휴일이므로 오전 중엔 에파를 착실히 지도하고, 오후에는 필요한 물건을 사서 여행 준비를 할 생각이다.

"내일모레가 기대돼."

　그렇게 이야기가 정리되고 나는 누아르 씨를 여자 기숙사까지 바래다주었다. 그게 끝나자 그길로 곧장 학원장실로 향했다.

　마왕 토벌을 보류했을 때 아이짱이 불안해했기 때문이다. 이대로 두면 불안한 나머지 잠을 못 잘지도 모르고, 빨리 안심시켜 주고 싶었다.

"마왕을 해치워 주신다고요?"

　조만간 마왕을 해치우러 간다고 말했더니 아이짱은 맥없이 주저앉아 버렸다.

"괜찮으세요?"

"아, 네. 안심했더니 다리에 힘이 빠졌네요. 애쉬 씨가 마왕을 토벌하겠다는 대답을 보류했을 때 이 세상은 끝이라고 생각했거든요……."

　상상 이상으로 불안하게 만들어 버렸던 모양이다.

"마왕이 부활했는데, 학교를 쉬게 되더라도 해치우러 가야죠."

　마왕이 부활했다는 사실은 큐르 씨가 남기고 간 선물을――『강자가 있는 곳을 나타내는 지도』를 보면 일목요연하니까 말이다.

빨간 점을 표시시키려면 마력을 담아야 해서 나는 다룰 수 없지만, 마력을 가진 사람이라면 누구든지 다룰 수 있다.

다만 그 빨간 점은 『지도에 마력을 담은 사람보다 급이 높은 생물』을 의미한다.

즉 제대로 된 실력을 갖춘 사람이 아니면 지도가 빨간 점투성이가 되는 문제가 있다. 그래서는 어디가 마왕인지 분간할 수가 없다.

그래서 누아르 씨에게 지도를 부탁하기로 했다. 누아르 씨보다 강한 생물은 별로 없을 테니 말이다.

"그래서 유적으로는 언제 떠날 예정이에요?"

"내일모레 아침 일찍 비공정으로 출발하겠습니다."

"그러면 바로 여비를 준비할게요! 이런 일도 있을까 싶어 미리 마련해 놨거든요."

"감사합니다. 소중히 사용할게요."

"인사는 제가 해야죠. 명색이 마법 기사단 총장이면서 애쉬 씨 한 명에게 마왕을 떠맡기는 듯한 짓을 해서 정말로 미안하기 짝이 없답니다."

"마음에 두지 마세요. 저로서도 강적과 싸울 수 있는 건 바라던 바니까요!"

"애쉬 씨는 정말로 믿음직하군요. 그래서 먼저 어느 유적으로 향할 건가요? 아마 이제 서쪽과 동쪽이 남았죠?"

"우선 서쪽 유적에 가 보려고 해요."

그렇게 다르진 않지만 거리로 봤을 때는 서쪽이 더 가까우니까 말이다.

눈에 잠긴 최북단과 달리 교통편도 발달했고, 일주일이면 도착할 것이다. 저번처럼 누아르 씨를 꽁꽁 얼게 만들 걱정도 없고, 이동이 편하면 피곤할 일도 없을 것이다.

"서쪽으로 가는 거면 모리스 삼촌을 뵐 수 있을지도 모르겠네요."

어?
"스승님이 서쪽 유적에 있어요?"
"모리스 삼촌은 무른이라는 최서단 마을에 체류하는 중이세요."
"최서단 마을이라면 유적 근처겠네요. 혹시 마왕이 부활했을 때를 위해서 체류하고 있는 건가요?"
"아뇨. 일단 마왕 이야기는 전달했는데, 모리스 삼촌은 그 이전부터 최서단 마을에 체류하고 있다고 해요. 물론 아버님과 콜론 이모님도 같이 계세요. 자세한 건 모르지만 좋은 흙이 있다나……."
"좋은 흙이요?"
뭐지. 밭이라도 가는 건가?
모르겠지만 분명 무언가 생각이 있어서 하는 일이리라.
나는 내가 할 일에 집중하자.
"그럼 무운을 빌어요."

그렇게 아이짱의 배웅을 받으며 나는 학원장실을 뒤로했다.

그리고 다음 날이 밝자 나는 에파와 함께 학원 광장에 왔다. 오전 중에 에파를 지도하고, 오후가 되면 유적 순례에 필요한 것을 장만하기로 해서이다.

"오늘은 사부에게 보여 주고 싶은 게 있슴다!"

프릴이 달린 저지를 입고, 저번에 선물한 머리핀을 단 에파는 흥겨운 목소리로 말했다.

마왕 일은 숨겼지만 여행 간다는 것은 말했다. 나와 당분간 연습할 수 없게 돼서인지 오늘 에파는 평소 이상으로 기합이 들어가 있다.

그런 에파를 보고 있으니 나도 기합이 솟는다.

"보여 주고 싶은 거라, 어제 말했던 새로운 기술 말이야?"

에파는 자신만만하게 고개를 끄덕였다.

"연휴 중에 고안하고 어제 완성했슴다! 마물 상대로 통할지, 사부가 보고 확인해 줬으면 좋겠슴다!"

자력으로 새로운 기술을 고안해 낸 건 굉장하지만, 마물을 상대로 통하겠느냐고 묻는다면 엄격한 평가를 하지 않을 수 없다.

후한 평가를 내려 버리면 무턱대고 마물에게 덤벼들지도 모르니까 말이다. 제자의 안전을 지키는 것도 스승의 임무다.

"바로 보여 줘."

여하튼 실제로 새로운 기술을 보지 않고서는 판단할 수 없다.

내가 신호를 내자 에파는 눈을 감고 심호흡한다.

그렇게 정신통일을 한 에파는 눈을 번쩍 뜨더니, 라이트 펀치, 레프트 펀치, 점핑 어퍼, 착지하면서 바로 하이킥에서 이어지는 돌려차기, 그리고 마지막으로——.

"2색이잖습까!"

내 흉내를 냈다. 《무지개의 제왕》과 싸우는 나를 보고 착상을 얻은 것이리라. 일련의 동작의 마무리로 장타를 날린 에파는 나를 향해 두근거리는 눈빛을 보내온다.

"어떻습까?!"

"상당히 움직임이 좋아졌는데!"

"정말임까?!"

"응, 정말이야. 바람을 가르는 듯한 펀치였어! 특히 하이킥에서 이어지는 돌려차기의 예리함은 최고였어! 용케 넘어지지 않고 잘하더라!"

이전의 에파는 하이킥만으로도 넘어졌었다. 그런데 오늘은 하이킥 후에 돌려차기까지 해 보였다.

이만큼 성장하기까지 세는 것도 아찔할 만큼 많이 넘어졌을 것이다. 스승으로서 제자의 성장을 기뻐하지 않고는 배길 수 없었다.

"기쁘다! 연휴 중에 특훈한 보람이 있습다!"

"진짜, 안 보이는 곳에서도 노력하고 기특해."

"에헤헤~. 칭찬이 과한 거 아님까~?"

"마구 칭찬하고 싶어질 만큼 성장했다는 이야기야."

넘어지지 않았을 뿐 아니라 전혀 헐떡이지도 않고 있으니 말이다. 평소 충분히 러닝을 하는 성과가 나타났다 볼 수 있다.

진짜, 성장했구나…….

운동신경이 꽝이었던 이전의 에파를 알고 있는 만큼 기쁨도 한결 더 크다.

"그렇다 해도 연휴 전과는 비교가 안 되는데."

"그건 사부 덕분임다!"

"내 덕분?"

에파는 고개를 끄덕이고 허리를 툭 때렸다.

"사부의 속옷을 입고 나서 힘이 솟아났슴다!"

동물 그림 팬티는 입으면 강해진다는 선전 아래 팔리고 있다. 에파는 그걸 입어 마음을 다잡고, 집중하여 훈련을 열심히 할 수 있었을 것이다.

에파가 지그시 나를 응시한다.

"그래서 어땠슴까? 방금 일련의 흐름이 새로운 기술인데……. 마물, 해치울 수 있겠슴까?"

"글쎄……. 지금의 움직임에 위력이 동반되면 해치울 수 있을 거야."

"위력 말임까. 그건 어느 정도임까?"

"카마이타치를 날릴 수 있을 정도야."

"카마이타치 말임까! 저, 사부의 카마이타치를 본 이후로 쭉 동경해 왔슴다!"

에파가 말하는 건 골렘과 린글란트 씨의 연구소를 두 동강 낸 카마이타치일 것이다.

"저도 카마이타치를 날릴 수 있게 되겠습니까?"

"그건 에파의 노력에 달렸지."

"그럼 노력하겠습니다! 그러기 위해선 근육 트레이닝만이 있을 뿐이겠습니다!"

"그렇지."

"아, 그런데 사부, 근육 트레이닝은 저 혼자서도 할 수 있습니다! 그러니 오늘은 새로운 기술을 가르쳐 주면 좋겠습니다!"

"좋아. 어떤 기술이 좋을까?"

"마왕을 무찌른 기술이 좋겠습니다!"

"마왕을 무찌른 기술이라. 그러면 주먹이나, 펀치나, 스피닝 백 피스트나, 재채기인가."

주먹은 《어둠의 제왕》에게, 펀치는 《땅의 제왕》에게, 스피닝 백 피스트는 《바람의 제왕》에게, 재채기는 《남쪽의 제왕》에게 사용한 기술이다. 나머지 마왕은 자멸했다.

그렇지만 재채기는 기술이 아니고…… 이 중에서 가르쳐 준다고 하면 손등을 이용한 백 피스트 정도인가.

"그렇군요! 그중에서 가장 배우기 쉬울 것 같은 건 재채기겠습니다! 저, 재채기 연습하겠습니다! ——에이춰. 어떻습니까?!"

"교본 같은 재채기였어. 하지만 재채기를 자유자재로 컨트롤하는 건 어려우니까 일단 자신의 의사로 날릴 수 있는 스피닝 백 피스트 연습을 하지 않겠어?"

"하겠습다!"

"좋아! 그럼 일단 해 봐! 개선점이 있으면 그때마다 가르쳐 줄 테니까!"

"알겠습다! 스피닝 백 피스트는—— 이렇게!"

팽이처럼 빙글 회전하는 에파.

"너무 많이 돌았어!"

"힘을 좀 과하게 줘버렸습다!"

"그래도 안 넘어진 점은 훌륭해!"

"기쁩다! 저, 스피닝 백 피스트 연습을 더 해서 통달해 보이겠습다!"

"좋아! 그럼 나머지 시간은 스피닝 백 피스트뿐이다!"

"넵! 스피닝 백 피스트를 연습하겠습다!"

그리하여 오후까지 스피닝 백 피스트 연습을 함께한 다음 물건을 사러 외출하고—— 다음 날 아침에 누아르 씨와 세계 최서단 유적으로 출발했다.

◆

엘슈타니아를 떠나 일주일째가 되는 날의 오후.

비공정과 열차를 타고 온 나와 누아르 씨는 세계 최서단 마을 ——무른에 도착했다.

무른에는 한가로운 분위기가 감돌았다. 드문드문 집이 지어진 마을 건너편에는 흙빛 탑이 우뚝 솟아 있고, 그 너머로는 산이 보인다.

유적은 바로 저 산기슭에 있다.

"곧장 유적으로 향할 거야?"

"그전에 스승님들에게 인사하자! 스승님이나 필립 씨, 콜론 씨 중 누군가가 가까이에 있으니까!"

강자가 있는 곳을 나타내는 지도에 따르면 시내에 빨간 점 하나가, 갈색 탑 근처에 빨간 점 둘이 있다.

누아르 씨보다 급이 높은 생물은 극히 적으니까 빨간 점 셋이 스승님 일행임이 틀림없다. 모처럼 근처에 있기도 하니, 인사를 하고 나서 유적에 가야지.

그리하여 시내에 있는 빨간 점 쪽으로 향하자── 그곳은 숙소였다. 마침 잘됐다, 지금 방을 빌리도록 할까.

숙박부에 이름을 쓰고 주인장 아저씨가 내민 동물 그림 팬티에 사인을 해 준 다음 우리는 2층 방으로 향한다.

그리고 손잡이에 손을 댔을 때 옆방 문이 열렸다.

"어, 어머, 빨리 왔네."

주뼛주뼛하면서 말을 걸어온 젊은 여성은── 용자 일행 중한 명, 콜론 씨였다.

말투로 보아 우리가 오는 걸 사전에 아이짱에게 들은 모양이다.

"오랜만입니다."

"응, 오랜만이다. 스티겔 건은 유감이었어. 그토록 괴로운 경험을 해서까지 세 살배기가 됐는데……."

퇴화약은 음식물 쓰레기 같은 맛이었다.

"마법사가 되지 못한 채 원래대로 돌아오고 말았지만── 영원히 마법사가 되지 못하는 건 아니니까요! 저, 반드시 마법사가 되어 보일게요!"

의욕을 불태우는 내게 콜론 씨가 미소 짓는다.

"애쉬 군은 정말로 모리스가 어렸을 때 모습이랑 쏙 닮았어. 그 사람도 무슨 일이 있더라도 포기라곤 안 했거든."

스승님과 쏙 닮았다는 건 최고의 칭찬이다. 기분이 좋아진 나는 그러고 보니 하고 떠올린다.

"맞다. 스승님은 뭘 하고 있어요?"

스승님과 필립 씨가 탑 쪽에 있는 건 알고 있으나 거기서 뭘 하고 있는지는 모른다.

"모리스와 필립은 위저드 로드를 건설 중이야."

건설 중?

위저드 로드라는 게 건설해서 만드는 것인가?

잘 모르겠지만 탑 옆의 **빨간 점**이 스승님과 필립 씨인 건 확실해졌다.

유적에 가는 길에 인사해야겠다!

"그런데 이 아가씨는?"

"누아르 씨예요."

"그래. 이 아가씨가 누아르구나. 이야기는 아이나한테서 들었어. 애쉬 군을 위해서 비석을 해독해 주고 있는 거지?"

"애쉬가 마법사가 되는 걸 지켜보는 게 내 꿈이니까."

"정말로 착한 아이구나……. 모리스가 네게 고맙다는 말을 하고 싶어 했어. 애쉬 군이 꿈을 이루는 건 모리스의 꿈이기도 하거든."

"만나 보고 싶어. 마음이 맞을 것 같으니까."

"그럼 방에 짐을 두고 보러 가자!"

램프 이외의 짐을 방에 놓고, 우리는 콜론 씨의 안내를 받아 탑으로 향했다. 그리고 거기에서는 두 사람이 탑에 흙을 처덕처덕 붙이고 있었다.

탑을 수리하고 있는 건가?

"오랜만이야, 스승님!"

말을 걸자 스승님들은 작업을 중단한다.

"오오! 애쉬 아니냐! 오랜만이구나!"

"둘 다 오랜 여행으로 피곤하진 않니? 자, 이거 마시거라."

필립 씨가 주스를 건네주었다.

일단 목을 축인 나는 스승님들에게 물었다.

"왜 탑을 수리하고 있는 거야?"

그러자 스승님은 의기양양한 표정으로 말한다.

"애쉬야. 이건 탑이 아니란다. 위저드 로드지."

"위저드 로드?"

마치 등대 같다. 다양한 마법 지팡이 카탈로그를 읽어 봤지만, 이토록 거대한 사이즈의 지팡이는 어느 책에도 실리지 않았다.

"애쉬의 바람대로 『절대로 부서지지 않는 위저드 로드』를 만드는 중이란다!"

즉 내 전용 마법 지팡이라는 얘기다.

영락없이 등대인 줄 알았는데, 설마 지팡이였을 줄이야! 등잔 밑이 어둡다는 말이 바로 이런 거구나.

"나를 위해서 이렇게까지……."

스승님들의 마음에 나도 모르게 눈물샘이 느슨해지고 만다.

"쓰기는 어려워 보여."

세상 사람들도 누아르 씨와 같은 의견일 테지만, 내게 사용감 따위는 사소한 문제다.

내가 존경하는 세 사람이 나를 위해서 마법 지팡이를 만들어 주었다. 그 마음만으로도 너무나 기쁘기 때문이다.

"완성까지 앞으로 얼마나 걸릴 것 같아?"

"글쎄, 언제가 될까……. 우리도 빨리 완성시키고 싶지만 재료 수집에 시간이 걸리고 있어."

"재료는 흙이지? 그럼 재료 때문에 곤란할 건 없지 않아?"

"이건 흙이자 흙이 아니거든. 이 주변에는 아이언 웜이라는 마물이 눌러 살고 있는데…… 아이언 웜은 알고 있니?"

"당연히 알지."

아이언 웜은 집 정도는 통째로 삼킬 수 있는 어마어마한 크기의 애벌레라고 책에 쓰여 있었다.

그 정보만 들으면 무서운 마물 같겠지만 아이언 웜은 기본적으로 무해하다. 여하튼 늘 땅속 깊숙이 숨어 있기 때문이다.

"아이언 웜은 배설 행위를 위해서 엉덩이를 내밀어."

"그 배설물은 믿을 수 없을 만큼 단단하지."

"요약하면 매우 단단한 그 배설물을 모으고, 굳히고, 압축하기를 반복해——『절대로 부서지지 않는 위저드 로드』를 완성하겠다는 말이란다."

"하지만 아이언 웜의 배설물은 희소하지. 더구나 그 대부분이 흙과 뒤섞여 버리고."

"할 수 있다면 순도 100%의 배설물로 만들고 싶지만, 힘이 모자라서 순도 60%가 되고 말았어."

내 위저드 로드는 60%가 똥이라는 건가.

그렇지만 흙냄새밖에 안 나고, 번들번들한 광택은 멋지게 보인다.

이 정도로 크면 좋아하는 무늬를 넣는 것도 가능할 것 같다.

멋진 무늬를 새기면 애착도 생길 테고, 아니, 그 전에 스승님들이 손수 만든 물건이다.

이 위저드 로드에는 스승님들의 사랑이 가득 차 있다.

재료가 뭐든 간에 기쁘지 않을 수가 없다!

"나, 마법사가 되면 이 위저드 로드를 사용할 거야!"

"오냐! 우리는 최고의 품질의 위저드 로드를 만들 테니까, 응? 애쉬도 노력해서 마력을 손에 넣거라!"

"물론이지! 나는 그러기 위해서 여기에 왔으니까! 으음…….

스승님들은 아이짱한테서 유적에 대해 들었다고 했나?"

"암! 거기에 있는 누아르 양이 애쉬의 힘이 되어 주고 있는 거지? 정말로 고맙구나."

"애쉬는 나를 구해 줬는걸. 이번엔 내가 애쉬를 도울 거야."

"누아르 양은 착한 아이구나."

스승님의 칭찬에 누아르 씨는 기쁜 듯이 미소 짓는다.

"그래서, 유적에는 언제 갈 거니?"

"이제 가려고."

이러고 있는 동안에도 마왕의 부활이 다가오고 있으니 말이다.

조금 더 스승님들과 수다 떨고 싶지만, 마냥 여유 부릴 수는 없다.

"그러면 우리도 같이 갈까."

"스승님도 따라와 주게?"

"그래. 애쉬가 마법사가 되는 순간을 마주할 수 있을지도 모르니까!"

"나도 스승님에게 마법사가 되는 모습을 보여 주고 싶어!"

이리하여 나는 스승님들과 유적으로 향하게 되었다.

◆

무릎을 나선 우리는 산기슭에 다다랐다. 평원을 두리번두리번 둘러보면서 걷고 있자 웬 단차가 나타났다.

저거는, 설마……!

달려가 보니 그것은 지하 유적으로 통하는 계단이었다!

"이 안에 비석이 있어! 빨리 가자!"

역시 유적을 찾으니 텐션이 오르는구나! 설렌 가슴으로 기다리고 있자 스승님들이 달려온다.

"새카맣잖아. 이토록 어두우면 가다 넘어지겠구나. 필립, 불을 켜다오."

"알았어."

필립 씨가 지팡이를 휘두르자 계단 안쪽이 밝아졌다.

역시 마법은 좋다니까. 나도 빨리 마력을 손에 넣어서 이런 일을 할 수 있게 되고 싶어!

나는 램프를 그 자리에 남겨두고 스승님들과 계단을 내려간다. ──그리고 널찍한 통로로 나왔다. 북쪽 유적과 똑같이 외길이다. 저쪽을 응시하니…….

"다행이다. 비석은 무사해!"

"여기에서 비석이 보이는 거냐?"

"애쉬는 눈이 좋거든! 지평선 저편까지 내다볼 수 있을 정도지!"

"여하튼 서두르자!"

나는 여기에서도 볼 수 있지만 누아르 씨가 읽지 않으면 의미가 없으니까 말이다!

"애쉬."

문득 누아르 씨가 소매를 잡아당겼다.

"왜?"

"여기에도 비석이 있어."

누아르 씨가 벽을 가리킨다. 거기에는 문패 사이즈의 돌이 박혀 있었고——.

"문자가 적혀 있어!"

짧지만 해독 불능인 문자가 새겨져 있었다!

설마 이런 곳에 비석이 박혀 있었을 줄이야…….

눈앞의 비석에 정신이 팔린 나머지 못 보고 놓칠 뻔했군!

"뭐, 뭐라고 적혀 있어?"

누아르 씨는 물끄러미 비석을 쳐다본다. 그리고 불쑥.

"……지도 만드는 법이 적혀 있어."

"지도라니……. 강자가 있는 곳을 나타내는 지도?"

"응, 그 지도."

"그래……."

그렇다는 말은 큐르 씨는 이 비석을 해독했다는 게 되나.

"또 뭔가 적혀 있어?"

이 비석에 지도 만드는 법이—— 마법에 관한 정보가 기록되어 있는 것은 틀림없다.

봉인의 방으로 통하는 비석에는 욕만 적혀 있었지만, 이 비석에는 마력 획득의 단서가 남아 있을 가능성이 있다.

"……마왕이 도망치면 이 마법을 사용해야 한다, 고 적혀 있어."

"도망쳤을 때?"

이 마법이라는 것은 『강자가 있는 곳을 나타내는 지도』를 말하는 거겠군. 그런데 『도망쳤을 때』라니…… 마왕은 도망치고 그러는 존재는 아니잖아? 지금까지의 마왕은 도망치기는커녕 『놓치지 않겠다!』라는 느낌이었는데.

　"여기에 있는 마왕은 세계최속인 것 같아."

　과연, 그런 뜻이었군.
　세계최속이라는 것은 속도가 무기라는 말이다. 한 번 놓치면 찾기 어렵다. 그래서 《얼음의 제왕》은 비망록에 강자가 있는 곳을 나타내는 마법을 비석에 새긴 것이다.
　어쨌든 욕 이외의 기술이 발견된 것은 기쁜 일이다.
　이 유적이라면 마력에 관한 단서가 남아 있어도 이상하지 않다!
　"여기에 적혀 있는 건 그게 전부야."
　"해독 고마워! 그럼 나머지는 건너편 비석을 확인하는 것뿐이네!"
　기다릴 수 없게 된 나는 냉큼 비석으로 향했다.

　파사아아아아악!

　무언가가 부서지는 소리가 울렸다.
　"누가 접시라도 밟았어?"

뒤돌아서 묻는데 다들 어리둥절해하고 있었다.

대체 왜들 그러지?

모두의 시선을 더듬어 가 보니 내 발밑에 얼음 파편이 흩어져 있었다.

"방금, 이걸 밟은 소리였어?"

스승님이 고개를 흔든다.

"방금 소리는 애쉬에게 고드름이 꽂힌 소리야."

"나한테?"

"몰랐던 게냐?"

"비석에 정신이 팔려 몰랐어요. 그런데 대체 어디서 날아온 거예요?"

"벽에서 날아왔다."

"벽에서…… 그렇담 트랩인가?"

"그런 것 같다. 하지만 트랩이라니 뜻밖이군. 지금까지의 유적에도 트랩이 있었느냐?"

"남쪽 유적은 모르겠지만 북쪽 유적에는 트랩 같은 건 없었어."

"그렇다면 여기가 특별한 걸지도 모르겠군. 잠깐 큐르에게 물어보마."

"……아무도 애쉬 군의 몸 걱정은 안 하네. 다치진 않은 것 같지만…… 늦기 전에 진통제 먹을래?"

콜론 씨가 품에서 약병을 꺼낸다. 나는 수행을 너무 많이 해서 통증을 느끼지 않게 됐고, 어디 상처가 나도 자연치유력으로 싹 나아 버린다.

　하지만 그렇게 말하면 오히려 걱정을 끼칠지도 모르니 고맙게 약을 받기로 했다.

　단맛이 강한 약을 꿀꺽꿀꺽 마시는데, 필립 씨가 품에서 휴대전화를 꺼냈다. 큐르 씨에게 전화를 건다.

　"여어, 큐르니? 지금 애쉬 군하고 누아르 양이랑 같이 서쪽 유적에 와 있는데 말이야. 이 유적들, 트랩이 설치돼 있니? …………그렇군. 그럼 몸조심해야겠다."

　필립 씨는 휴대전화를 품에 넣는다.
　"뭐래요?"
　"큐르가 이전에 방문했을 때는 트랩 같은 건 없었다고 해."
　"그런가요……."
　"그러면 지금 와서 트랩 마법이 발동했다는 게로군."
　"서, 설마 마왕의 봉인이 풀리는 중인 걸까?"
　"그럴지도 모르겠네요."
　이 유적의 트랩은 부활한 마왕을 죽여 버리기 위해서 설치된 것이 확실하다.

　큐르 씨가 이전에 이 유적을 방문했을 때 트랩이 발동하지 않았다는 것은, 그때는 아직 봉인 마법의 효과가 남아 있었다는 뜻이 된다.

　거꾸로 말하면 트랩 마법이 발동했다는 사실은…….

"누아르 씨. 지도 좀 보여 줄래?"

"보여 줄게."

누아르 씨는 강자가 있는 곳을 나타내는 지도를 펼친다.

마왕이 있는 곳은 변하지 않았다.

아직 봉인의 방에 있는 듯하다.

하지만 봉인의 효력이 다 떨어지는 중일 가능성은 극히 크다.

"여하튼 서두르자!"

"그, 그런데 트랩이 있으면 누아르는 다가갈 수 없지 않느냐!"

"트랩은 전부 내가 맡을게!"

이 통로는 외길──세계최속의 마왕을 유적 안에서 해치울 기회는 터널을 통과할 때 딱 한 번뿐이다. 영속적으로 트랩을 발동시킬 필요는 없다.

즉 트랩 마법의 효력은 한 번 발동하면 사라진다.

그 예상이 맞는지 어떤지를 확인하기 위해 나는 홀로 비석을 향해 전진한다.

파사아아아아악!

파사아아아악!

파사아아아악!

파사아아아악!

온갖 방향에서 고드름이 발사되고, 내게 닿자마자 부서져 가루가 된다.

무사히 비석까지 도착한 나는 온 길을 되돌아갔다.

생각한 대로 트랩은 한 번만 발동되었다.

"이제 안전해!"

"네, 네 몸은 단단하구나."

"애쉬는 세계에서 제일 단단해."

당황하는 콜론 씨에게 누아르 씨가 어딘가 의기양양하게 말한다.

"아무튼 서두르자!"

우리는 가루가 된 얼음을 힘차게 밟으면서 통로를 나아가 아무 일도 없이 비석이 있는 곳에 도착한다.

이번에도 비석에는 빼곡하게 문자가 새겨져 있었다.

"전부 욕이었어."

이번에도 비석에는 빼곡하게 욕이 적혀 있었다.

뭐야, 또 욕이냐! 얼마나 원망스럽길래 이러는 거야, 마왕 녀석! 같은 마왕끼리 친하게 좀 지내지! 뭐, 마왕끼리 손을 잡으면 그건 그거대로 귀찮아지겠지만 말이다.

남은 유적은 딱 한 곳……. 이렇게 되면 동쪽 유적에 기대를 거는 수밖에!

"그럼 파괴할게."

스승님들에게 확인을 얻고 나는 비석을 후려쳤다.

비석이 부서지고 돔 형태의 공동이 나타난다.

"……마왕이 없어."

콜론 씨가 당황한 얼굴로 말한다.

필립 씨의 마법으로 환해진 공동에── 마왕의 모습은 없었다.

"서, 설마 눈에 보이지도 않는 속도로 움직이고 있는 걸까? 그래서 사라진 것처럼 보이는 건가?"

"확실히……. 믿기 어렵지만 세계최속의 마왕이라면 그 정도는 할지도 모르지."

"다, 다들 조심해. 어디서 공격해 올지 몰라."

"좌, 좌우간 다들 조용. 애쉬, 발소리는 안 들리느냐? 혹시 들린다면 그곳에 펀치를 가하는 거다."

"해 볼게. ……………이상한 소리가 들려."

"어떤 소리니?"

"득득, 득득."

"득득이라고?"

"응. 마치 구멍을 파는 듯한──."

"저기."

누아르 씨가 벽을 가리켰다.

벽에는 구멍이 뻥 뚫려 있었다.

그 안쪽에서 득득 하고 굴착음이 들려온다.

"마왕이 구멍을 파고 도망친 거다!"

스승님의 목소리가 봉인의 방에 울려 퍼진다.

이미 봉인은 풀려 있었던 것인지, 마왕은 벽에 구멍을 파고 도망친 것이다!

누아르 씨를 노리는 줄 알았는데, 이번 마왕은 복수에 흥미가 없는 걸까.

"빠, 빨리 뒤쫓지 않으면 마왕이 도망치고 말 거야."

"지상에서 매복하다가 나오면 애쉬가 때려잡는 거다!"

"그게 확실한 방법이겠군. 자, 지금 당장 왔던 통로로 되돌아가자!"

"뭘 하는 게냐! 가자, 애쉬!"

스승님들이 재촉해서—— 나는 천장을 가리켰다.

"나, 천장을 뚫을게."

"너라면 그렇게 말할 줄 알았어."

"화, 확실히 애쉬 군이라면 박치기로 뚫어 버릴 수 있을 듯해."

"하지만 우리가 흉내 내봤자 혹이 생길 뿐이다! 우리는 그냥 통로를 통해 나가야 해!"

모두가 공동에서 뛰쳐나간 것을 확인하고, 나는 슈퍼맨 같은 포즈로 점프했다.

퍼어억!

막힘없이 흙을 뚫고 밖으로 나오자, 바로 옆의 흙이 엄청나게 솟아오르고 있었다.

가만히 보고 있으니—— 그곳에서 커다란 호랑이가 튀어나왔

다. 코끼리 정도 되는 사이즈로, 명명백백 일반적인 호랑이는
아니었다.

"네가 마왕이냐!"

눈을 깜빡하는 사이에 도망칠지도 몰라서, 눈을 크게 뜬 채 호
랑이에게 물었다.

『호오! 이 몸을 알고 있느냐! 그렇다, 세계최속의 이명을 가진
마왕──《서쪽의 제왕》 웨스트 로드란 바로 이 몸을 일컫는 말
이다! 그러는 네놈은 그 지긋지긋한 계집애의 동료냐!』

마왕은 도망치지 않고 대답했다.

틀림없이 땅을 파 도망치려 한 줄 알았는데, 어쩌면 싸우기 위
해서 밖으로 나온 걸지도 모르겠군.

저 좁은 공동에서는 자랑하는 스피드를 활용할 수 없을 테니
말이지.

"누아르 씨는 내 친구다."

『푸하하하하! 그러냐! 그러면 네놈을 갈가리 찢으면 그 계집
애는 필시 절망하겠군! 네놈을 갈가리 찢은 다음은 천천히, 진
득이, 그 계집애를 썰어 주지! 이 몸이 받은 2천 년의 고통을, 그
계집애에게 맛보게 해주겠다!』

"애쉬! 무사했구나!"

하늘에서 스승님의 목소리가 내려왔다.

올려다보니 스승님들은 하늘을 날고 있었다.

필립 씨가 비행 마법 플라이를 건 모양이다.

"그, 그게 마왕이구나……."

"애쉬! 빨리 그 녀석을 해치우거라! 세계최경의 마왕을 해치운 애쉬 너라면 그 녀석을 해치우는 것쯤은 식은 죽 먹기일 터!"

『호오! 네놈, 북쪽의 그 《노스 로드》를 끝장낸 거냐!』

마왕은 내게 흥미가 동한 것 같다.

하지만 거기에 두려움은 보이지 않았다. 자기가 《북쪽의 제왕》보다 훨씬 더 강하다고 생각한다는 방증이다.

"애쉬는 《사우스 로드》도 무찔렀다! 다음은 네 차례야, 《웨스트 로드》!"

『푸하하! 이 몸을 다른 마왕과 같은 수준으로 생각하고 있는 거라면 역시 인간은 어리석다고 말하지 않을 수 없군!』

"뭐라고?!"

『이 몸은 세계최속! 세상의 모든 것은 내 몸을 건드리기는커녕, 원래라면 모습을 포착조차 못 한다! 바람같이 왔다가, 바람같이 사라지지──. 이 몸이 통과한 순간, 그 자리에 있었던 모든 생물은 충격파의 먹이가 된다! 그 아둔한 《노스 로드》를 해치웠으니 힘은 자신이 있겠지만, 세계최속 앞에서는 무력하다는 걸 깨닫거라!』

확실히 이 녀석의 말대로다.

아무리 공격력이 높아도 맞지 않으면 의미가 없다.

덤으로 닥치는 대로 공격하면 불필요한 피해가 나와 버린다 ──. 상공에 있는 이들이 다칠지도 모른다.

세계최속의 마왕을 앞에 두고 무투가로서의 나는 무력하다는 뜻이다.

　그렇기에 나는 진심으로 이렇게 느낀다.

　나는 이런 적을 애타게 기다리고 있었다고 말이다.

　세계최속의 마왕에게 펀치나 킥은 통하지 않는다———. 무투가로서의 힘을 봉쇄당한 이 상황은 내게는 더할 나위 없이 바람직하다.

　정신력을 단련하기엔 절호의 상대니까.

　"세계최속을 칭하는 건—— 나와 달리기에서 이기고 나서 해라!"

　"달리기라고?! 무슨 소리를 하는 거야! 그 녀석은 세계최속의 마왕이란 말이다?! 아무리 애써도 속도로 경쟁하는 건 불리한 것을!"

　"그렇기에 경주하는 거야! 그러지 않으면 마법사는 될 수 없으니까!"

　주위에 피해가 나오는 것을 각오하고 죽어라 공격하면 운 좋게 명중할지도 모른다. 하지만 그렇게 해서 해치워 봤자 정신력을 단련할 수는 없다.

　지금까지의 나는 때리고 차서 이겼었다———. 특기인 분야로 이겼었다. 그래서는 정신력이 충분히 단련되지 않건만.

　하지만—— 달리기라면 어떨까?

세계최속과 스피드로 승부하면 스승님의 말처럼 내가 질 가능성이 훨씬 더 크다.

요컨대 압도적으로 불리한 승부에 도전하고, 승리를 거머쥠으로써 나는 정신적으로 성장할 수 있다는 얘기다.

물론 달리기에 이기든 지든 끝에 가선 주먹으로 싸우게 되겠지만.

남은 유적에도 욕이 새겨져 있을 우려가 있는 이상, 마력 획득을 위해서 할 수 있는 일은 전부 하고 싶다.

"한창 경주하는 중에 행방을 감출지도 모른다고?! 너, 너희도 가만있지 말고 설득해!"

"나는 애쉬를 믿어."

"무, 무슨 소리를 하는 게냐, 누아르!"

"……아니, 누아르의 말이 맞아."

"필립, 너까지?!"

"내가 아는 애쉬 군에게 불가능이란 없어."

"그, 그래! 애쉬 군은 마법을 사용하는 것 말고는 무엇이든지 해내는 아이야. 달리기로 마왕을 이기는 것도 분명 가능할 거야!"

누아르 씨와 필립 씨 그리고 콜론 씨의 이야기를 듣고――.

스승님은 이마를 찰싹 때렸다.

"아이고……. 다른 사람도 아닌 내가 어찌 항상 결정적인 순간에 제자를 믿어 주지 못하는 건지……. 애쉬의 대단함은 내가 가장 잘 알고 있는데도……."

스승님이 진지한 눈빛으로 쳐다본다.

"확실히 《웨스트 로드》는 세계최속일 테지. 하지만 그건 과거의 이야기! 애쉬! 마왕에게 요즘 아이들이 얼마나 빠른지 여봐란듯이 보여다오!"

스승님들의 응원을 받자 몸 깊은 곳에서 힘이 솟구친다.

"맡겨 줘, 스승님! 나, 반드시 크게 이겨 보일 테니까!"

응원에 힘차게 응답한 나는 이어서 마왕을 응시했다.

"승부다, 마왕!"

『좋다, 인간! 2천 년을 봉인 당해 몸이 무뎌져 있던 참이다! 전 인류를 갈가리 찢기 위한 준비운동으로 딱 좋겠어!』

마왕은 나와의 달리기가 끝난 후 인류를 갈가리 찢을 셈인 모양이다.

그것을 가만 둘 것 같냐!

세계최속을 달리기로 이겨서 정신력을 단련하고 해치워 주겠다!

『인간이여! 거기 돌을 하늘에 던져라! 그게 땅에 떨어진 순간, 승부 시작이다!』

나는 큼직한 돌을 상공에 던진 다음 멀리 보이는 위저드 로드를 가리켰다.

"골은 저 탑이면 되겠지?"

『좋다! 순식간에 끝내 주마!』

마왕은 자신만만하게 외치고——.

눈 깜빡한 순간 내 옆에 서 있었다.

"어, 어느 틈에 저기로 이동한 거야?!"

"저, 전혀 움직임이 보이지 않았어……."

"세계최속은 허풍이 아니라는 거구나……."

그 속도에 스승님들이 당황하고 있다.

그렇다 해도 이 정도로 순식간에 접근해 올 줄은……. 내 공격 쯤은 언제든지 피할 수 있다고 말하고 싶은 건가.

물론 기습으로 해치울 생각은 안 했지만.

그렇지만 내 의사와는 관계없이 마왕을 날려 버릴 우려도 있다.

"나한테서 떨어지는 편이 좋아. 충격파로 날아갈지도 모르거든."

나는 전력으로 달릴 거다.

그때 발생한 충격파가 마왕을 날려 버릴지도 모른다.

『그건 불가능해! 왜냐면 이 몸은 세계최속이니까 말이다! 네 놈이 한 발 내디뎠을 때, 이 몸은 대륙 끝에 있을 거다!』

그 말이 사실이라고 하면 무시무시한 스피드다.

세계최속의 이명은 과장이 아니라는 말인가.

그렇다고 해도 나는 절대로 지지 않겠다!

마왕을 이기고 마법사가 되고야 말겠어!

나는 크라우칭 스타트 자세를 취했다.

『이 몸에 도전한 어리석은 인간이여, 영광으로 생각하거라! 네놈은 세계에서 가장 빠른 달리기를 그 눈으로 볼 수 있으니까 말이다! 단, 본다곤 해도 인간 따위가 이 몸의 움직임을 포착할 수는 없겠지만 말이지! 하지만 그렇다고 이 몸은 봐주지 않아! 왜냐면 세계최속은 언제 어느 때라도 최속이어야만 하니까! 네놈은 곧 깨닫게 되겠지! 세계최속의 빠르기를! 세계최속의 두려움을! 세계최속에게 도전한 자신의 어리석음을! 이 세상에는 결코 적으로 삼으면──.』

따아악!!!!
옆에서 파열음이 났다.
돌아보니 마왕은 죽어 있었다.
"왜?!"
왜?!
다른 감상이 나오지 않는다. 영문을 모르겠다.
대체 마왕의 몸에 무슨 일이 일어났길래!
당황하는 내게 다른 사람들이 내려온다.
"저, 저기. 누가 좀, 마왕의 몸에 무슨 일이 일어난 건지 알려주겠어?"
"네가 던진 돌이 마왕의 머리를 강타했어."
"내가 던진 돌이……."

조금 지나치게 높이 던진 모양이다.

"최속으로 결판이 났네."

충격을 받은 나머지 나는 뻣뻣한 미소를 띨 수밖에 없었다.

◆

그리고 이튿날.

여행길에 오를 준비를 마친 나와 누아르 씨는 스승님들에게 작별 인사를 하기 위해 위저드 로드가 있는 곳으로 향한다.

아침 일찍부터 등대처럼 우뚝 솟은 위저드 로드에 흙을 붙이고 있었던 스승님들은 우리를 발견하고 작업을 중단했다.

"벌써 출발하는 거냐?"

배낭을 짊어진 나를 보고 필립 씨가 묻는다.

"네. 서두르지 않으면 마왕의 봉인이 풀려 버리니까요."

네 군데였던 유적도 남은 곳은 최동단 유적뿐이다.

남쪽과 서쪽의 봉인이 연달아 풀렸다. 최동단의 봉인이 풀리는 것도 시간문제. 언제 봉인이 풀릴지 모르는 이상 한가하게 있을 시간은 없다.

"그래. 허전해지겠구나."

"이, 이걸로 맛있는 거라도 먹도록 해."

콜론 씨가 용돈을 주었다.

"감사합니다!"

"맛있는 거 먹을래."

"왠지 손주가 생긴 기분이야."

콜론 씨는 부드럽게 미소 지었다. 젊어 보이지만 콜론 씨는 손주가 아니라 증손주가 있어도 이상하지 않은 나이다.

"자. 그럼 갈까."

모리스 할아버지가 배낭을 짊어지고 일어난다.

"혹시, 스승님도 따라오게?"

"암! 애쉬가 마법사가 되는 모습을 보고 싶으니까!"

"스승님……!"

사실을 말하자면 스승님이 따라와 줬으면 좋겠다고 생각했었다.

스승님은 나의 아주 큰 은인이니까 말이다. 내가 마법사가 되는 순간을 보길 바랐고, 마법을 사용하는 장면을 제일 먼저 보여 주고 싶었다.

"따라와 준다면 대환영이지!"

"나도 환영할게."

"결정됐군! 그럼 위저드 로드는 부탁함세!"

콜론 씨와 필립 씨는 힘차게 고개를 끄덕였다.

"마, 맡겨 줘. 반드시 완성에 다가갈 테니……!"

"자네가 돌아올 무렵에는 분명 두 배…… 아니, 세 배의 크기가 되어 있을 거야."

"사용하기 힘들 것 같아."

누아르 씨가 불쑥 중얼거린다.

"마법사가 되면 새롭게 수행할 거야! 나, 이 지팡이를 자유자재로 다룰 수 있게 되어 보이겠어!"

그리하여 나와 누아르 씨와 스승님의 모험이 막을 열었다.

제 5 막 실재했습니다 →

무른을 떠나고 일주일이 지났다.

이날 저녁. 비공정에서 열차로 갈아탄 우리는 엘슈타트 왕국 최서단 마을 에나에 도착했다.

"오늘은 이 마을에 묵을 거야?"

"응. 오늘은 일찌감치 자고, 내일 일어나자마자 비공정 탑승장이 있는 마을로 향할 예정이야."

예정대로 가면 오전 비행편을 탈 수 있으니까 말이다. 거기서 다시 비공정과 열차를 타면—— 다음 주에는 최동단 마을에 도착한다.

현재 마왕 쪽 움직임은 없다. 봉인이 풀리지 않았다는 것은 비석도 무사하다는 뜻. 이번에도 욕일 가능성이 크겠지만, 실제로 확인할 때까지는 판단할 수 없으니까 마력 획득의 단서가 남겨져 있다고 믿는 수밖에 없다!

유익한 정보를 손에 넣고 마왕과의 뜨거운 사투를 거쳐 마법사가 되고야 말리라!

"애쉬. 저기 여관은 어때 보이냐?"

스승님이 역 앞의 여관을 가리켰다.

"비쌀 것 같아."

누아르 씨의 말대로 고급스러운 느낌이 감도는 여관이다. 하지만 아이짱의 원조 덕분에 여비에는 여유가 있으니까, 고급 침대에서 자는 편이 누아르 씨의 피로도 풀릴 테고 오늘은 저기서 묵기로 하자.

"이야~! 거기에 있는 건 애쉬 님이 아닙니까?!"

숙소로 향하는데 어떤 누님이 불러 세웠다.

날씬한 몸매의 은발 여성이다.

이 사람, 어디서 본 적이⋯⋯.

"⋯⋯메르니아 씨인가요?"

"와아! 나를 기억해 줬군요! 감격입니다!"

정답이었던 모양이다. 메르니아 씨는 기쁜 듯이 싱글벙글하고 있다.

"네가 아는 사람이야?"

"응. 페르미나 씨 아버지의 상사야."

"강화 합숙에 권유했던 사람?"

"응, 그 사람이야."

메르니아 씨와는 《땅의 제왕》과 싸웠을 때 알게 되었다.

메르니아 씨는 『마왕 방송』을 통해 내 모습을 눈에 새겼을 테지만, 통성명했을 때의 나는 세 살배기였으니 말이다. 지금과 그때와는 시선의 높이가 많이 달라, 메르니아 씨를 한눈에 알아

보지는 못했다.

그나저나 메르니아 씨는 북방 토벌 부대의 단장인 걸로 알고 있는데, 왜 이런 곳에 있는 걸까? 근무지를 이동하게 됐나?

이상하게 생각하고 있자 메르니아 씨는 스승님과 누아르 씨에게 가볍게 인사하고,

"애쉬 님은 가족과 여행 중인가요?"

하고 질문을 해왔다. 스승님은 용자 일행의 최고참이지만, 오랫동안 『마의 숲』에서 살고 있었다. 필립 씨처럼 공식 석상에 모습을 드러내지 않기 때문에 메르니아 씨는 스승님의 정체를 모르는 것이다.

"그렇게 이해하면 돼요."

메르니아 씨는 마법 기사단의 단장이지만, 불필요한 소동을 일으키지 않기 위해서도 마왕에 대해서는 비밀로 하는 편이 좋겠다 싶다.

"메르니아 씨도 여행 중인가요?"

"아뇨, 오늘은 출장입니다. 신인 연수에서 밤 시간의 감독으로 이 마을에 왔습니다."

메르니아 씨가 말하길, 엘슈타르트 마법 기사단 토벌 부대에 새로 배속된 신참들이 이 마을에 모여 있는 모양이다. 이곳에서 연수를 마치고 정식 근무처(동방, 서방, 남방, 북방)가 결정된다나.

페르미나 씨도 토벌 부대를 지망하고 있으니, 순조롭게 가면 내년 이맘때는 페르미나 씨도 이 연수를 받는다는 얘기다.

"그런데 애쉬 님은…… 오늘 바쁘신가요?"

"아뇨, 이제 자는 일만 남았어요."

아까 도시락을 막 먹은 참이라서 아직 졸리지는 않지만 숙소에서 자는 일만 남긴 했다.

"그렇군요. 그럼 혹시 괜찮다면 부디 신인 연수에 함께해 주셨으면 좋겠습니다만……."

마법 기사단의 신인 연수라. 마법 기사단은 엘리트 중의 엘리트니까 마법사를 목표로 하는 몸으로서 유익한 경험이 될 것 같다!

"신인 연수는 구체적으로 무엇을 하는 건가요?"

"강의는 끝났어요. 좀 이따 시작될 밤 시간은 마물을 해치우는 요령을 배우는 자리가 될 예정이에요. 원래는 제가 실기 지도를 하는데, 애쉬 님이 협력해 주신다면 꼭 한 수 부탁드리고 싶습니다."

마물을 해치우는 요령이라. 그거라면 내게도 가능할 것 같다. 마물이라면 수행 중에 많이 해치워 봤으니 말이다.

"참가해도 될까?"

스승님에게 확인하자 고개를 끄덕이셨다.

"평소대로 2층 방을 빌려 놓을 테니, 방 위치는 주인장한테 알려달라고 하거라."

스승님은 코 고는 소리가 조금 시끄러우므로 우리를 배려해 다른 방에 숙박하고 있다.

나도, 누아르 씨도 코 고는 소리 같은 건 신경 쓰지 않는데 말이다.

"저라도 괜찮다면 참가할게요."

스승님과 누아르 씨를 배웅하고 메르니아 씨에게 대답한다.

"정말인가요! 다들 감격할 거예요! 애쉬 님은 세계를 구한 영웅이니까요! 그야말로 차세대 용자세요!"

불필요한 소동을 일으키지 않도록 정체를 숨겼는데, 조금 전까지 여기에 있었던 스승님의 정체가 용자 일행의 최고참이란 걸 알면 메르니아 씨는 정말 많이 놀랄 것 같다.

그건 그렇고, 메르니아 씨의 기대에 부응할 수 있도록 최대한 열심히 해야겠다!

"이쪽이에요!"

나는 메르니아 씨의 안내를 받아 연수 시설로 향했다. 그리고 이끌려온 곳에는 돔 형태의 건물이 우뚝 서 있었다.

내장은 학원의 투기장과 똑같다. 광장 주위를 객석이 둘러쌌는데, 100명가량 되는 남녀가 앉아 있다.

내년 이맘때는 페르미나 씨도 저 자리에 앉아 있겠군.

마법사로서 점점 강해져 가는 페르미나 씨에게 지지 않도록 나도 마력을 손에 넣어야겠다!

"저분은 애쉬 씨?"

"우와아, 본인이다!"

"오늘은 옷 입고 있어!"

연수생들이 나를 보고 저마다 그런 말을 한다.

"애쉬 님은 여기서 기다려 주세요. 바로 준비할 테니까요!"

나를 광장에 남겨두고 메르니아 씨는 객석으로 올라간다. 보니까 투기장 구석에는 흙이 수북이 쌓여 있었다.

뭐에 쓰는 흙이지?

『오래 기다리셨습니다! 지금부터 신인 연수, 밤 프로그램을 시작하겠습니다! 이 시간에는 특별히 애쉬 님의 협력 아래, 마물을 해치우는 요령을 배우겠습니다!』

메르니아 씨가 확성 마법(보이스 어퍼)으로 인사하자 큰 박수가 일었다.

『이제부터 애쉬 님은 마법으로 만들어진 마물과 싸우겠습니다! 우리는 애쉬 님이 어떤 식으로 마물을 해치우는지 차분히 관찰합니다! 자, 그러면 케트 님, 부탁하겠습니다!』

객석에 앉아 있었던 노파가 마법 지팡이로 룬을 그린다.

그러자 수북이 쌓여 있었던 흙이 구불구불 꿈틀거리고, 어느새 100마리 가까이 되는 고블린이 만들어진다. 음, 저 흙은 이걸 위해서 준비한 거였군.

『먼저 고블린과 싸우겠습니다! 하나하나는 그렇게 강하지 않지만 고블린은 무리로 습격해 오니까 말이죠! 무리에게 습격받으면 상당히 성가셔집니다!』

고블린 무리가 나를 포위한다.

그 손에는 흙으로 만들어진 검이나 곤봉이 쥐어져 있었다.

『그럼 애쉬 님! 고블린 퇴치 요령을 보여 주세요!』

고블린이 일제히 덤벼든다.

나는 양팔을 수평으로 펼친 다음 팽이처럼 회전했다.

퍼어어어엉!!!!

모든 고블린이 두 동강 나 흙으로 돌아갔다.

이 자리에 모여 있는 사람은 전원 마법사다. 무투가의 싸움은 참고가 되지 않을 거라 생각해서 가급적 마법으로 보이게끔 카마이타치를 날려 봤는데…… 지금 걸로 괜찮았을까?

설레면서 객석의 반응을 살피자, 다들 멍하니 입을 벌리고 있을 뿐이었다.

그런 가운데 메르니아 씨만이 눈을 반짝이며,

『과연, 그렇군요! 요컨대 애쉬 님은「고블린에게는 개별 공격이 아니라 광범위 공격이 효과적」이라 말하고 싶은 거군요!』

라고 억측한다.

『확실히 아까같이 수가 많으면 착각하기 쉽지만, 하나하나는 그렇게 강하지 않으니까 말이죠! 애쉬 님처럼 일격으로 전멸시키기는 힘들겠지만, 부상을 입힌다면 움직임이 둔해집니다! 그 부분을 공략하면 쉽게 해치울 수 있을 겁니다!』

메르니아 씨의 훌륭한 해석에 연수생들도 납득한 눈치다. 해석 능력이 뛰어난 메르니아 씨가 있으면 무투가로서 싸워도 참고할 만한 전법으로 만들어 줄 것 같다.

『자, 케트 님. 다음 마물을 부탁하겠습니다!』

케트 씨가 지팡이를 휘두르자 조금 전까지 고블린의 형태를 하고 있었던 산더미 같은 흙이 하나로 뭉치고 외눈 거인이 만들어졌다.

저건…… 사이클롭스인가.

『고블린과 달리 사이클롭스는 단독 행동을 주로 합니다! 그러나 하나라고 해서 방심은 금물입니다! 신체 능력은 고블린을 초월하니까 말이죠!』

부릅, 사이클롭스의 외눈이 나를 포착한다.

『그럼 애쉬 님, 사이클롭스 퇴치 요령을 보여 주세요!』

퍼어어어어엉!!!!

외눈에 주먹을 꽂아 넣자 사이클롭스는 흙으로 돌아간다.

연수생들이 멍하니 있는 가운데 이번에도 메르니아 씨만은 눈을 반짝이고 있었다.

『과연! 요컨대 애쉬 님은 「사이클롭스의 약점은 눈」이라고 말하고 싶은 거군요! 확실히 아무리 힘이 강하더라도 눈이 안 보이면 겁낼 건 없으니까요! 눈이 저만큼 크면 노리는 것도 어렵지 않습니다! 참고가 되네요, 정말!』

메르니아 씨의 훌륭한 해석에 연수생들은 감탄한 것처럼 끄덕인다.

『자, 그러면 마지막입니다! 마지막은───.』

케트 씨가 룬을 완성시키자 흙이 드래곤 형태가 되었다.

연수생들이 비명을 지른다.

『그렇습니다. 마지막은 보시다시피 레드 드래곤입니다!』

흙빛이지만 레드 드래곤인 모양이다.

『레드 드래곤 정도 되면 아무래도 능력을 완전히 재현할 수는 없지만, 케트 님께서 모든 마력을 최대한 쥐어짜 만들어 주신 결과물! 저도 상대하기 어렵습니다!』

레드 드래곤이 위협하듯이 날개를 펼쳤다.

『그럼 애쉬 님! 레드 드래곤 퇴치 요령을 보여 주세요!』

나는 어퍼컷으로 레드 드래곤의 두부를 날려 버렸다.

『그렇군요! 요컨대 애쉬 님은 「뇌진탕을 노려야 한다」고 말하고 싶은 거로군요! 확실히 비늘을 꿰뚫을 수는 없어도 뇌를 흔들리게 할 수는 있으니까요! 그렇게 해서 기절시킨다면 반격당하지 않고 공격할 수 있습니다!』

아까부터 메르니아 씨의 해석 능력이 대단하다, 정말!

나한테 그런 의도는 없었지만 듣고 보니 납득이 간다.

탁월한 해석 능력에 감탄하고 있자 메르니아 씨가 광장에 내려왔다.

마지막이라고도 했었고, 방금 걸로 내 역할은 끝났나 보다.

"수고하셨습니다! 연수생을 위한 거라고 생각했는데 저도 공부가 됐습니다!"

"저도 좋은 운동이 됐어요! 지금 걸로 괜찮다면 언제든지 협력할 테니 또 불러 주세요!"

"그렇게 말씀해 주시니 감사합니다! 하지만 가능하면 다음에는 연수생으로 참가해 주세요. 졸업 후에는 꼭 마법 기사단에 와 주기 바랍니다!"

졸업 후라…….

페르미나 씨와 에파는 졸업 후의 진로를 결정했지만 나는 아직 특별히 없구나.

동쪽 유적에서 염원하던 마법사 데뷔를 하고, 수행을 거쳐 대마법사가 되어, 완전 화려한 마법을 날렸다 치고.

그 후 나는 뭘 하면 되는 거지?

뭐, 그건 마법사가 되고 나서 생각하면 되나. 그리고 졸업까지 아직 10개월은 남았고, 서둘러 진로를 생각할 필요는 없다.

"졸업 후의 일은 졸업하고 나서 생각해 보겠습니다."

"그렇군요. 그럼 또 애쉬 님을 만날 날을 마음속으로 기다리고 있겠습니다!"

그렇게 메르니아 씨와 연수생들의 배웅을 받고 나는 숙소로 향했다.

◆

그리고 다시 일주일이 지난 날 오후.

"으싸앗! 드디어 도착했다아아아아아아!"

길었던 여행을 마치고 우리는 마침내 최동단 마을 란제에 도착했다.

란제는 차분한 분위기의 마을이지만 내 마음은 차분해지지 않았다.

왜냐면 저 산기슭에는 마지막 유적이 있기 때문이다! 더구나 봉인도 아직 풀리지 않았다! 지금 바로 가면 비석을 해독할 수 있다!

"드디어 유적이다!"

"응! 드디어 유적이야! 나, 꼭 마법사가 되어 보이겠어!"

"애쉬라면 반드시 될 수 있을 게다!"

"바로 유적으로 향할 거야?"

스승님과 둘이서 흥분하고 있자 누아르 씨가 물었다.

"그럴 생각인데 잠깐 쉬고 나서 가도 돼."

빼곡하게 문자가 새겨진 비석을 읽는 건 정신적으로 지칠 테고 말이다.

"나도 빨리 유적에 가고 싶어. 네가 마법사가 된 모습을 보고 싶은걸. 하지만…… 그전에 가르쳐 줬으면 하는 일이 있어."

"가르쳐 줬으면 하는 일?"

누아르 씨가 진지한 눈빛을 보내온다.

"마력을 손에 넣으면 너는 뭐를 할 거야?"

"대마법사가 되기 위해서 수행할 거야."

수행에 수행을 거듭해서 언젠가 대마법사가 되어 완전 화려한 마법을 날린다──! 그것이 전생 때부터 꿨던 꿈이고, 마법사가 된 후의 목표다.

"수행은 구체적으로는 뭘 말하는 거야?"

"전 세계의 대마법사들의 제자로 들어가 마력을 높이는 요령을 배우고…… 그리고 다양한 마물과 싸워 마법사로서 실전 경험을 쌓을 거야."

"마물과 싸운다는 건, 졸업 후엔 마법 기사단에 소속될 생각이라서?"

"소속되진 않을 거야."

메르니아 씨의 권유를 받았지만 모두가 기대하는 것은 무투가로서의 나니까 말이다.

마법 기사단에 소속되면 날마다 마물을 상대로 무투가로서 싸우게 될 것이다. 그러면 마법사로서 성장하기는 어렵다.

따라서 나는 여행할 생각이다.

전 세계를 두루 돌아다니며, 많은 대마법사와 만나 이야기하고, 나 또한 대마법사가 될 것이다.

"요약하면 졸업 후는 모험가가 되겠다는 말이야."

"그 모험, 나도 따라가고 싶어. ……나한테는 아무것도 없으니까."

"아무것도 없어?"

누아르 씨는 고개를 끄덕인다.

"에파에게는 가족이 있어. 페르미나에게는 꿈이 있어. 하지만 내게는 너와 『겉은 바삭, 안은 폭신 ♪ 찰지고 탱탱한 뺨이 녹아나는 꿈의 말랑말랑한 멜론빵』밖에 없어."

누아르 씨에게는 나와 멜론빵밖에 없다.

졸업과 동시에 둘 다 잃어버린다──. 아무것도 남지 않는다는 말인가.

멜론빵은 많은 가게에서 팔지만 누아르 씨에게 특별한 것은 매점 한정 판매 『겉은 바삭, 안은 폭신 ♪ 찰지고 탱탱한 뺨이 녹아나는 꿈의 말랑말랑한 멜론빵』뿐이니까 말이다.

"멜론빵 제조 공장에서 일해 보는 건 어때?"

"그것도 생각한 적 있어."

생각한 적은 있는 모양이다.

"하지만 숙고한 끝에 포기했어. 빵 공장에서 일하면 너를 볼 수 없게 되니까."

"누아르 씨……."

누아르 씨는 멜론빵을 버리면서까지 나를 선택해 주었다.

그렇다면 거절할 수야 없지.

"나랑 같이 가봐야 지루할 뿐일지도 모르지만, 그래도 괜찮다면 대환영이야."

혼자만의 여행보단 둘이 하는 편이 즐겁고 말이다.

"지루하진 않아. 왜냐면 너랑 있으면 즐거운걸."

"나도 누아르 씨와 같이 있으면 즐거워!"

"고마워. 나, 너랑 모험할게."

"응! 그러기 위해서도 어떻게든 마력을 손에 넣고야 말겠어! 그리고 졸업 후엔 여행을 떠나 반드시 대마법사가 되겠어!"

"나는 무사하게 졸업할 수 있도록 공부할래."

그렇게 장래의 약속을 주고받은 우리는 유적으로 향했다. 누아르 씨의 지도를 의지해 산기슭에 도착했고――.

지하 유적으로 통하는 계단을 발견했다.

"드디어 마지막 유적인가……."

"기쁘지 않아?"

"기쁘지."

"그런데 아까보다 기운이 없어 보여."

"조금 전까지는 가슴이 두근거렸으니까. 그런데 입구를 앞에 두니 갑자기 긴장되기 시작했어."

이 유적에서 마력이 손에 들어오지 않으면 출발점으로 되돌아 가게 된다.

하지만 마냥 긴장하고 있을 수는 없다.

멍하니 있으면 마왕이 부활해 버린다.

"좋아, 가자!"

램프를 손에 들고 우리는 계단을 내려가 통로로 나온다.

서쪽 유적 때처럼 벽에 비석이 박혀 있을지도 모르기 때문에 놓치지 않도록 주의를 기울이며 걸어갔고——— 아무것도 발견 하지 못한 채 통로 최심부에 도착했다.

다른 유적과 마찬가지로 이번에도 벽에는 빼곡하게 해독 불능 문자가 새겨져 있다.

누아르 씨는 물끄러미 비석을 응시하고———.

"여기에 있는 마왕은 세계최강이야."

불쑥 중얼거렸다.

"세계최강이라……."

지금까지의 마왕은 『세계최경』이라든가 『세계최속』 같은 이명을 가지고 있었다. 그런데 이번 마왕의 이명은 『세계최강』──.

　즉, 순수하게 강하다는 소리다.

　"또 뭐가 적혀 있어?"

　누아르 씨는 다시 비석을 쳐다보고──.

　"지금까지의 마왕이 『전설의 마물』 레전드 몬스터라면 여기에 있는 마왕은 하이퍼 레전드 몬스터라고 적혀 있어."

　실로 강해 보이는 명칭이 나왔다.

　""실재한 것인가!""

　나와 스승님이 합창하자 누아르 씨는 신기하다는 듯이 고개를 갸웃한다.

　"둘이 아는 사이야?"

　"아는 사이는 아니다. 그런데 설마 정말로 존재했을 줄이야……."

　스승님은 깜짝 놀라고 있다. 나 또한 깜짝 놀랐다. 하지만 그 이상으로 기쁨이 솟구친다.

　마력을 손에 넣으려면 강적과 싸우는 것보다 더 좋은 방법은 없으니까 말이다!

　아무튼 강적인 건 기쁘지만 내 목적은 어디까지나 마력 획득의 단서를 얻는 것이다. 사실 마왕의 정보는 그렇게 중요하진 않다.

"또 뭐가 적혀 있어?"

"……《얼음의 제왕》은 300년 걸려 『전설 속 전설의 마물』을 봉인한 모양이야."

"300년이라고?! 왜 그렇게 오래 걸린 거지?"
"모르겠어."
"봉인 마법은 상대를 약화시키지 못하면 발동하지 않는 건가?"
"글쎄다. 애초에 봉인 마법 같은 건 들은 적이 없어서."
강자가 있는 곳을 나타내는 마법과 마찬가지로 봉인 마법 또한 《얼음의 제왕》이 독자적으로 고안해 낸 마법이다. 어떤 상대라도 무조건 봉인할 수 있다면 도가 지나친 고성능이니, 어느 정도의 대미지를 주지 않으면 발동하지 않는 걸지도 모른다.
그렇지만 세계최경의 마왕에게는 상처 하나 입히지 못한 것 같고……. 그러면 뭔가 다른 이유로 봉인에 시간이 걸렸다는 얘기가 된다.
그 이유도 비석에 적혀 있을지도 모르지만——.
"그리고 욕이 적혀 있어."
나머지는 전부 욕인 모양이다.
네 번씩이나 이러니, 뭐라고 따질 기력도 생기지 않는다. 이게 마지막 비석이고, 유적 순례로 마력을 손에 넣지는 못했지만—— 마법사가 될 수 없다고 확정된 건 아니다.

마력과 정신력은 밀접하게 연관되어 있기 때문이다. 강적과 싸워 정신적으로 성장한다면 스티겔이 깃들지도 모른다.

그리고 그 때문이라도 나는 봉인의 방에 발을 들이지 않으면 안 된다!

콰아아아아앙!!!!

비석을 때리자 그 안쪽에는 공동이 펼쳐져 있었다.

하지만 봉인의 방은 과거 세 번과 상황이 달랐다.

마왕의 모습은 보이지 않고 공간에 뒤틀림이 나 있었다──. 검은 구멍이 뻥 뚫려 있는 것이다.

"저 구멍은 뭐지? 시공의 뒤틀림(어비스 게이트)과도 다른 것 같은데⋯⋯. 설마 이번 마왕은 공간에 구멍을 파고 도망친 걸까?"

"모르겠지만⋯⋯ 저 구멍에 마왕이 숨어 있는 건 확실해 보여."

누아르 씨의 지도에 따르면 마왕은 틀림없이 이 공동에 있다.

그렇다면 수상한 건 저 구멍 안쪽밖에 없다.

"나, 잠깐 들어가 볼게."

"행동력이 지나쳐. 보통은 주저할 거야."

"그럼 돌을 안에 던져 볼게. 다행히 비석 파편이 근처에 널려 있으니까 말이지."

"그렇다면 안심이야. 너라면 그걸로 이길 수 있어."

확실히 《서쪽의 제왕》은 투석으로 해치웠지만 이번 마왕은 세계최강이다. 투석으로 해치울 거라고는 생각되지 않는다.

그래도 만일을 위해 가볍게 던지는 편이 좋을지도 모르겠다.

『잘 왔다, 강자여.』

돌을 던지려고 했을 때 구멍 안에서 목소리가 들려왔다.

머리에 울리는 기분 나쁜 목소리──.

"……마왕이냐?"

물어보자 크크크 하고 수상한 웃음소리가 들려온다.

『그렇다! 내가 바로 마왕 중의 마왕이자 살아 있는 온갖 것의 정점에 군림하는 유일무이한 절대자! 영혼 포식자의 이명을 지니고, 썩은 생명을 미래영겁 지배하는 세상에 비길 데 없는 지배자! 저세상과 이 세상의 경계에 사는 것이 용인된 세계최강의 마왕 《마의 제왕》 데빌 로드이다!』

누구야.

어김없이 《동쪽의 제왕》 이스트 로드라고 할 줄 알았기 때문에 이 부분은 좀 당황스럽다. 아무튼, 《동쪽의 제왕》 아니, 《마의 제왕》의 자기소개에는 걸리는 부분이 있었다.

"잘 왔다니, 마치 내가 오는 것을 기다리고 있었다는 듯한 말투군."

『그렇다! 나는 네놈 같은 강자가 나타나길 기다리고 있었다! 나는 너무 강해져 버렸거든! 강자와 싸우는 것 말고 나의 힘을 유감없이 발휘할 데가 있어야 말이지!』

요컨대 《마의 제왕》은 전력으로 싸울 수 있는 상대를 애타게 기다리고 있었다는 말인가.

"아직 싸우지도 않았는데 내가 강자라는 것을 알 수 있는 건가?"

『네놈의 힘은, 마왕 놈들의 영혼을 먹었을 때 이해했다!』

"영혼을…… 먹어?"

『그렇다! 사자의 영혼을 먹음으로써 생전의 힘도, 지식도, 기억마저도 전부 나의 것이 된다!』

그렇군. 이전에 내가 해치운 마왕의 영혼을 먹어서 애쉬 아크발드의 정보를 입수했다는 뜻인가.

"여하튼 나와 싸우겠다는 말이지? 그럼 지금 당장 그 구멍에서 나와."

『거절한다! 이 내가! 세계최강인 《데빌 로드》가 직접 싸우는 건 진정한 강자만이다! 그리고 나는 네놈의 힘을 직접 본 건 아니야! 따라서── 네놈이 나와 싸울 자격이 있는 강자인지 어떤지 확인해 보겠다!』

즈즈즈……! 수상한 소리를 울리며 구멍이 넓어진다.

안으로 들어오라는 말인가?

『시련의 문을 뚫거라! 네놈이 진정한 강자라면 내가 있는 곳에 도착할 수 있을 테지!』

시련이라는 게, 혹시…….

"그 시련이란 게 300년씩 걸리고 그러는 거냐?"

《얼음의 제왕》이 마왕을 봉인하는 데에 300년 걸린 원인은 지금 얘기하는 시련 탓일지도 모른다.

요컨대 봉인 마법은 누구를 상대로도 아무 제약 없이 발동할 만큼 강력하지만──《마의 제왕》과의 대면에 시간이 엄청나게 걸렸다는 얘기다.

『몇 년 걸릴지는 네놈의 힘에 달렸다! 시련의 방은 저세상과 이 세상의 경계에 있어 네놈의 세계와는 시간의 흐름이 또 다르고 말이다!』

그 말은 시련의 방의 1초가 이 세계의 1시간일지도 모른다는 건가.

시련의 방에서 귀환한《얼음의 제왕》은 *우라시마 타로의 기분을 맛보았겠군.

나는 그렇게는 되지 않을 테다!

"가는 것이냐, 애쉬?"

스승님이 불안한 목소리로 물었다.

시련의 방과 이 세계의 시간의 흐름은 다르다.

어쩌면 이게 이승에서의 이별이 될지도 모른다.

그렇기에 시련에 도전할 가치가 있다.

소중한 사람들과의 이별을 각오하고 강적에게 맞선다. 그렇게 함으로써 나는 정신적으로 성장할 수 있다!

"나, 갈게!"

---

*우라시마 타로: 일본 전래동화의 주인공. 용궁을 방문한 우라시마 타로가 바깥세상에 돌아왔을 때는 수백 년의 시간이 흘러 가족과 친구들은 모두 죽고 없었다고 한다.

망설임은 없었다.

스승님과 누아르 씨도 내 마음을 헤아려 주었는지, 만류하려고는 하지 않았다.

"애쉬라면 무사히 돌아올 테지만……. 가능하면 내가 살아 있는 동안에 돌아오길 바라마!"

"네가 돌아오길 계속 기다리고 있을게."

"나, 꼭 돌아올게!"

두 사람에게 씩씩하게 고한 나는 구멍 안으로 이동했다.

그 순간 풍경이 일변했다.

새카맣지만 새카맣게는 느껴지지 않는, 신기한 공간이다.

깊이를 잴 수 없으므로 얼마나 넓은지 알 수 없다.

하지만 해야 할 일은 알고 있다.

시련이라는 것은 간단히 말해서── 재대결이다.

세계최강의 마왕 《마의 제왕》은 내가 운에 힘입어 승리한 것이 아닌지를── 오로지 실력으로 승리를 거듭해 왔는지 아닌지를 확인하려는 것이다.

그 증거로 내 눈앞에 해골이 우두커니 서 있다.

칠흑 망토를 걸친 상대는──.

『자, 어둠의 시대의 개막이다!』

내가 처치해 버렸을 터인 《어둠의 제왕》이었다!

제 6 막 되살아난 강적들입니다

퍼어어어어엉!!!!

나는 곧바로 《어둠의 제왕》의 두개골을 분쇄했다.

시련의 방과 현실 세계의 시간은 다르니 한가하게 있을 여유는 없다.

어쩌면 이 일순 사이에 현실 세계는 1년 이상의 세월이 흘렀을지도 모르니까 말이다.

어서 《마의 제왕》과 격투를 벌이고 정신적인 성장을 이뤄서 마법사가 되어 현실 세계에 돌아가야 한다.

그러지 않으면 정말로 시대가 변하고 만다.

"자, 다음 마왕은 누구냐!"

새카만 공간에 질문을 던지자 《어둠의 제왕》의 유해가 희미한 빛에 휩싸였다.

빛의 입자가 되어 서서히 소멸한다.

여기는 저세상과 이 세상의 경계에 있는 모양이니 《어둠의 제왕》은 이제 저세상으로 향할 것이다.

"전생하면 그때는 좋은 녀석으로 다시 태어나라. ──이크,

새로운 마왕이 행차하셨나."

조금 전까지 《어둠의 제왕》이 쓰러져 있었던 장소에 마법진이 떠오르고—— 새로운 해골이 출현했다.

망토 색으로 보아 이 녀석은——.

『자, 땅의 시대의 막이 열렸다!』

퍼어어어어엉!!!!

예상대로 《땅의 제왕》이었군.

이 마왕은 흙을 걸치면 강해지니까 흙이 없는 환경에서 어떤 전법을 보여 줄 건지 궁금하지만 차분히 싸울 여유 따윈 없다.

"같은 세계에 전생하고 또 나를 기억하고 있다면—— 그때 가서 차분히 싸워 보자고."

뭐, 나를 기억한 채 전생하면 스티겔은 나타나지 않겠지만 말이다. 콜론 씨의 지론으로는 전생의 기억을 가진 사람의 경우 스티겔이 나타나지 않는 듯하다.

하지만 노력으로 마법사가 될 수 있음을 지금부터 내가 증명해 보이겠다.

"자, 다음은 어느 마왕이냐!"

내가 소리치는 것과 타이밍을 같이하여 《땅의 제왕》의 유해가 완전히 소멸한다.

다음 순간, 마법진이 떠오르고—— 새로운 해골이 나타났다.

『《리라이브(추체험)》!』

퍼어어어어엉!!!!
망토 색을 확인할 틈도 없었지만…… 제멋대로 튀어 날아갔
는데, 아마 《빛의 제왕》이겠지?
"만약 전생한다면 꼭 착실하게 수행해서 강해져라. 너만 괜찮
다면 함께 수행해도 좋으니까 말이지."
여하튼 이로써 마왕 셋을 해치운 셈이 된다.
아무래도 『내가 해치운 순서』대로 등장하는 것 같으니 다음
은 그 마왕인가…….
예상한 대로 새로 나타난 해골은 녹색 망토를 걸치고 있었다.
귀신의 집에서 나도 모르게 해치운 《바람의 제왕》이다.

『자, 어떻게 죽여줄까.』

퍼어어어어엉!!!!
살해 방법을 생각할 시간 따윈 주지 않는다.
정권 지르기에 머리를 잃은 《바람의 제왕》은 그 자리에 무너
져 내렸다.
"다시 태어나면 보다 의미 있는 생각을 하고 살아가자고."
결국 《바람의 제왕》의 전투 스타일을 확인할 수는 없었지만
후회는 없다.
왜냐면 《마의 제왕》은 세계최강이기 때문이다!

세계최강인 이상 《바람의 제왕》보다 훨씬 강하기 마련이니 《마의 제왕》과의 싸움에 시간을 할애하는 편이 의미 있다.

그렇게 마왕 넷을 격파한 나는 다음 마왕의 등장을 기다린다.

내 예상은 《불의 제왕》이나 《물의 제왕》이었으나 마법진에서 나타난 것은 그 어느 쪽도 아니었다.

『내 이름은 《레인보우 로드》!』

퍼어어어어엉!!!!

정면에서 안면에 정권 지르기를 날려서 격파한다. 합체한 채 나타날 줄은 몰랐지만 생전에 합체해서 영혼도 하나가 됐나 보다.

덕분에 시간을 단축했으니 나로서는 만만세다.

"내세에서는 일곱 가지 색이 될 수 있으면 좋겠군."

이로써 해치운 마왕은 다섯.

지금은 순조롭게 진행되고 있으니 이 페이스라면 금방 《마의 제왕》이 있는 곳에 다다를 수 있을 것이다.

그래도 《마의 제왕》과의 싸움에 시간을 너무 할애하면 주변 사람들과 만날 수 없게 될 테니 일격에 쓰러뜨릴 작정으로 도전하고자 한다.

뭐, 《마의 제왕》은 세계최강이니 아무래도 일격에 결판이 날 거라곤 생각지 않지만.

아무튼.

『나는 세계최경의 이명을――』

퍼어어어어어엉!!!!
여하튼 지금은 전속력으로 나머지 마왕을 정리하자.
그러지 않으면 현실 세계에서 우라시마 타로의 기분을 맛보게
되고 만다.
"아무리 그래도 카마이타치에 두 동강이 날 줄이야."
이전에는 자멸해서 내 공격이 세계최경에게 통하는지 확인할
수 없었다.
어쩌면 《북쪽의 제왕》에게는 통하지 않을지도 모른다고 생각
했으나, 내 카마이타치로 찢어발기지 못하는 것은 없다는 말인
가.
"그래도 《데빌 로드》에게는 통하지 않을지도 몰라."
오히려 통하지 않으면 좋겠다.
세계최강이라고 할 정도이니 방어력도 최강일 것이다.
방심할 수 있는 상대도 아니고 처음부터 전력을 다해 공격해
야겠다.

『호호호.』

퍼어어어어어엉!!!!
겁 없이 웃으면서 나타난 세계최열의 마왕 《남쪽의 제왕》을
나는 주먹으로 격파했다.

불탈지도 모른다는 공포심을 극복함으로써 정신적으로 성장한다——.

이전에는 재채기로 해치워 버렸기 때문에 이번에는 주먹으로 맞서 보기로 한 것이다.

다만 재채기로 꺼질 만한 불길에 공포 따윈 느낄 리도 없고, 정신적으로 성장했다고도 생각되지 않지만.

아무튼 이로써 일곱이다.

이제 하나만 더 해치우면 드디어 《마의 제왕》과의 사투가 막을 연다!

목숨을 건 전투가 코앞에 다가와서 두근두근 설레는 마음이 멈추지 않는다.

『나는 세계최.』

퍼어어어어엉!!!!

마법진에서 나타난 《서쪽의 제왕》을 순식간에 격파한 나는 주먹을 꽉 움켜쥐었다.

"자, 나와라, 《마의 제왕》 데빌 로드!"

허공을 향해서 소리친다.

드디어 세계최강과의 뜨거운 사투의 막이 열린다.

긴장감을 누르고 제왕을 부르자——.

어디선가 수상한 웃음소리가 들려왔다.

『크크크……. 상상 이상의 속도다! 설마 이렇게까지 빠를 줄은 몰랐다! 크크크! 이렇게 됐으니 인정하지 않을 수 없군! 네놈은 진정한 강자다! 이 내가 직접 싸울 가치가 있는 인간이야! 좋다, 네놈이 바라는 대로── 내가 상대해 주마!』

새카만 공간에 한층 더 커다란 마법진이 펼쳐졌다.
그리고 거기에서──.
블랙 드래곤이 나타났다.
사이즈로는 열두 살 때 해치운 레드 드래곤의 몇 배 되는 크기. 하지만 실력은 몇 배 정도가 아닐 것이다.
왜냐면 이 녀석은 세계최강이니까!

"네가 세계최강의 마왕──《데빌 로드》로군!"

『그렇다! 바로 내가 모든 마왕의 정점에 군림하는 진정한 마왕── 세계최강의 이명을 자랑하는, 그 이름도 《데빌 로드》이니라! 나의 이 모습을 직접 본 것을 영광으로 생각하거라, 인간이여! 그리고 뼈저리게 느끼거라, 이 나를──.』

"말씀은 됐고요! 얼른 싸우기나 하자!"

마왕들의 긴 언사는 신물이 나도록 들었다.

나는 빨리 싸우고 싶어서 온몸이 근질거린다.

떠들고 있는 틈을 찔러 때릴까도 싶었으나, 기습이 아니라 정정당당하게 맞서는 편이 정신적으로 성장할 수 있으니까.

『크크크⋯⋯! 죽음을 서두르는 게냐, 강자여! 인간의 일생은 짧다, 어차피 금방 죽을 거라곤 해도 굳이 생을 서둘러 끝낼 필요는 없을 테지! 하지만 네놈이 죽음을 바란다면 나도 사양하지 않고 보내 주겠다! 더구나 네놈은 내 힘을 유감없이 발휘할 수 있는 유일무이한 존재니까 말이다! 다만──.』

"됐어! 그런 건 이제 됐어! 떠드는 건 나중에 하고, 빨리 싸우자! 응? 승부하자고, 승부!"

『크크크⋯⋯. 푸하, 푸하하하하! 유쾌하구나! 실로 유쾌해! 마지막으로 이렇게 유쾌한 기분이 든 게 언제일까! 그 정도로 이 나와의 승부를 갈망할 줄이야! 정말로 진정한 강자라고 부르기에 어울리는 용감한 모습이군! 하지만 동시에 어리석기도 하다! 네놈은 모른다, 세계에는──.』

"아니, 수다는 됐다니까! 나와 싸우려고 시련을 받게 한 거잖아?! 자, 난 이미 시련을 클리어했거든! 그러니 빨리 싸우자고!"

『푸하―하하! 그러니 네놈이 어리석다는 거다! 시련을 돌파한 것 가지고 우쭐대는 마음이 들어서야! 시련 따윈 한낱 몸풀기에 지나지 않아! 그 정도는 돌파하는 게 당연하다!』

"나는 수다 떨자고 온 게 아니래도! 쭉 여기에 있어서 심심했었지?! 수다 떨고 싶은 마음은 알겠지만 나는 빨리 너와 싸우고 싶어! 격렬한 전투 끝에 승리하고 원래 세계로 돌아가고 싶다고!"

『아니! 결코 아니다! 네놈의 승리 따윈 있을 수 없다! 역시 네놈은 고작 시련을 돌파한 것 가지고 자신이 강해졌다고 착각하는 것 같다! 이 나와 대등해졌다고 생각하는 것 같아!』

"알았어! 알았으니까! 대등한지 어떤지는 싸우고 나서 정하자! 됐지? 알았으면 덤벼! 빨리 덤벼라!"

『이제부터 네놈은 알게 될 것이다! 지금까지 싸운 상대가 얼마나 약했는지를! 이제부터 싸우는 상대가 얼마나 강한지를! 왜냐하면 네놈은 모르.』

"됐으니까 빨리 싸우자고ㅇㅇㅇㅇㅇㅇㅇㅇㅇㅇㅇㅇㅇㅇ!"

퍼어어어어어어어어어엉!!!!

세계최강이 잘게 썰렸다.

"어째서어어어어어어!"

야, 장난치지 마?!

내가! 얼마나! 기대했는데!

백 보 양보해서! 백 보 양보해서 때린 충격으로 죽는다면 이해하겠는데 말이야!

난 그냥 손짓만 했을 뿐이라고!

손짓의 풍압에 분해되지 말란 말이다!

그런 사인은 이제 지겹다고!

키이이이이잉!

《마의 제왕》의 유해를 앞에 두고 망연자실하고 있으니 새카만 공간에 균열이 일었다.

균열은 순식간에 벌어졌고, 그로부터 빛이 비쳐든다.

그리고 유리가 깨지는 듯한 소리와 함께 공간이 부서지고──.

◆

정신이 들었을 때 나는 공동에 우두커니 서 있었다.

이곳은── 봉인의 방이다.

깜짝 놀라 뒤돌아보니 뻥 뚫린 공간은 사라져 있었다.

아무래도 나는 정말로 세계최강을 손짓으로 해치운 모양이다.

솔직히 엄청나게 쇼크다.

하지만 침울해져 봤자 아무 소용 없으니까. 마법사가 되기 위해서라도 어서 기분 전환을 해야겠다!

실의에서 다시 일어남으로써 정신적으로 성장할 수 있을지도 모르니 말이다!

되도록 긍정적으로 생각하면서 다시금 공동을 둘러본다.

누아르 씨와 스승님은…… 역시 없나. 시련의 방에서는 5분 정도밖에 지나지 않았지만 현실 세계에서는 세월이 얼마나 흘렀는지 모른다.

1년일지, 5년일지, 10년일지, 혹은 100년 단위의 세월이 지났을지……. 알 수 없지만 일단 가장 가까운 마을로 가야겠다. 내 옷은《남쪽의 제왕》을 때렸을 때 불탔으니 말이다.

전라는 아니지만 이 꼴로 비공정과 열차를 탈 수는 없다. 우선 근처 마을에서 옷을 사고 그다음에 엘슈타니아로 돌아가자.

그렇게 결정한 나는 봉인의 방에서 나가려고 하다가——.

저벅저벅저벅저벅, 발소리가 다가오는 것을 깨달았다.

이건…… 한 명분의 발소리다.

달리고 있는 것 같은 발소리는 점점 다가왔다. 쿠당, 하고 넘어진 듯한 소리가 들리고 다시 또 접근해 온다.

그리고——.

푸른 머리칼의 아가씨가 램프를 들고 공동에 잰걸음으로 나타났다.

누아르 씨를 쏙 빼닮았지만 내가 알고 있는 누아르 씨보다 머리카락도 길고, 키도 크다. 하지만 누아르 씨가 성장한 모습이라고 하면 쉽게 납득이 가는 범위다.

"······누아르 씨?"

그녀의 정체는 성장한 누아르 씨인가 혹은 누아르 씨의 자손인가.

두근거리는 마음으로 물어보자 아가씨는 가만히 고개를 가로저었다.

"누아르는, 내 선조님이야."

"······응?"

선조님이라니······. 서, 설마 정말로 그로부터 100년 단위의 세월이 지난 건가?!

시련의 방과 현실 세계 사이에, 그렇게나 시간의 흐름에 시차가 있다고?!

"지, 진짜로 누아르 씨가 아니야?!"

아가씨에게 바싹 다가서서 물어보자,

"사실 누아르야. 심각해 보이는 얼굴이길래 풀어 주려고 한 것뿐이야."

누아르 씨는 황급히 자백했다.

아무래도 농담이었던 모양이다.

"심장이 멎는 줄 알았어……."

역대 최고로 심장에 안 좋은 농담이지만…… 다시 보자마자 내 긴장을 풀어 주려고 일부러 해준 점은 솔직히 기쁘다.

하지만 방금 게 농담이라고 하더라도 누아르 씨의 성장을 보건대 그로부터 상당한 시간이 지났음은 틀림없었다.

그로부터 몇 년이나 지난 걸까.

페르미나 씨는, 에파는, 스승님은, 필립 씨는, 콜론 씨는, 아이짱은, 큐르 씨는, 샤름 씨는, 학원의 모두는 어떻게들 지내고 있을까——

그것을 아는 것은 무섭지만 듣지 않을 수는 없겠지.

"그래서…… 그로부터 몇 년 지났어?"

내가 묻자——.

누아르 씨는 양손을 보자기 모양으로 만들었다.

설마 10년이나 지난 것인가?!

믿기 어렵지만 누아르 씨의 성장한 모습으로 보아 그 정도가 타당하겠다.

그렇다는 말은 스승님들은 90살을 넘었다는 건데.

잘 지내고들 계시려나…….

"그로부터 10개월 지났어."

"10개월 만에 그렇게 성장한 거야?!"

몰라봐도 한참 몰라봤다고! 뭐가 어떻게 되면 10개월 만에 그렇게 되는 거야? 생각한 것보다 시간이 흐르지 않아서 안심했지만, 대체 누아르 씨의 몸에 무슨 일이 있었던 거지?

"10개월치고는 많이 성장했네."

"네가 사라지고 나서 밥을 많이 먹었거든."

누아르 씨가 급격히 성장한 건 스트레스로 인한 과식이 원인인 모양이다.

나와 만나지 못하는 스트레스를 발산하기 위해 식사에 식사를 거듭하다 키가 컸다나.

하긴 누아르 씨는 원체 멜론빵만 먹었었으니, 영양이 있는 걸 많이 먹었다면 급격히 성장했을 만하다.

그건 그렇고 10개월이라…….

"그로부터 10개월이 지났다면 졸업식은…….."

"지난주에 끝났어."

아깝게 맞추지 못했구나.

페르미나 씨와 에파의 졸업을 축하해 주고 싶었는데.

"네 졸업증서는 내가 보관하고 있어."

"내 졸업증서? 그런데 나, 출석일수가 부족하잖아?"

"출석으로 처리됐어."

"……아, 맞다."

그러고 보니 여행을 떠나기 전, 아이짱이 출석으로 처리해 주겠다고 했었지.

10개월은 아무래도 너무 많이 쉰 기분이 들지만, 여하튼 나는 무사히 졸업할 수 있었던 모양이다.

뭐, 나는 마법사가 되기 위해서 마법 학원에 다녔던 거니 무투가인 채로 졸업해 봤자 기쁘지 않지만.

그러나 다른 사람들은 아니다. 모두에게 졸업은 경사스러운 일이다.

페르미나 씨와 에파도 졸업했을 테니 정식으로 축하해 줘야겠다! 그리고 근황 보고도 듣고 싶고!

"그런데 스승님은 어떻게 지내? ……건강하셔?"

"모리스는 유적 밖에 있어. 아주 잘 지내."

다행이다…….

스승님과 이런 형태로 헤어지는 건, 죽어도 싫으니까 말이다.

"유적 밖에 있다는 건 그 뒤로 계속 근처 마을에서 살고 있다는 얘기야?"

"유적 밖에 작은 집을 짓고 네가 돌아오길 기다리고 있어."

내가 시련의 방에 뛰어든 후——. 누아르 씨는 일과처럼 매일 유적을 왕래한 모양인데, 가장 가까운 마을에서 유적까지는 편도 2시간 정도 걸린다.

그것을 보다 못한 스승님이 유적 옆에 작은 집을 지었다나.

분명 스승님은 내가 돌아오는 것을 기다리는 것과 동시에 누아르 씨를 지켜봐 준 것이리라.

워낙 책임감이 강한 분이라 누아르 씨를 홀로 둘 수는 없었던 것이다.

다정한 스승님을 생각하자 보고 싶어졌다.

빨리 얼굴을 보여 주고 안심시켜 드려야겠다.

"유적에 있는 건 누아르 씨뿐이고?"

"나뿐이야. 네가 돌아온 기분이 들어서 서둘러 뛰어왔어."

직감이라고 해야 하나, 뭐라고 해야 하나. 우연히 그렇게 느낀 것뿐일지도 모르겠지만 누아르 씨의 전생은 《얼음의 제왕》이다. 어쩌면 누아르 씨는 『영혼의 파동』인가 하는 것으로 내 귀환을 감지했는지도 모르겠다.

"일부러 마중 나와 줘서 고마워. 누아르 씨와 재회하게 되어서 기뻐."

"나도 기뻐. 다른 사람들도 보고 싶어 했었어."

"나도 보고 싶다. 그러니 먼저 스승님과 합류하고 그다음 모두를 보러 엘슈타니아에 돌아가자."

페르미나 씨와 에파는 취직했을 거다. 직장 근처로 이사했을지도 모르니 두 사람이 엘슈타니아에 있다는 보증은 없지만.

아무튼 아이짱에게 결과를 보고하기 위해서도 한 번은 엘슈타니아에 돌아가야 한다.

"에파와 페르미나도 밖에 있어."

"어? 두 사람도 와 있어?"

"졸업여행이라고 했었어."

졸업여행으로 대륙 끝을 선택하지는 않을 테니 분명 두 사람은 누아르 씨를 보러 왔을 것이다.

"그러면 졸업증서는 두 사람이 가져왔나 봐?"

"졸업증서는 학원장님 대리인이 가져왔어."

"그렇군. 아이짱도 와 있구나."

"지난주부터 와 있어. 대리인은 계속 너를 걱정했었어."

내게 마왕 토벌을 의뢰한 건 아이쨩이니까 말이다.

딱히 의뢰받지 않더라도 마왕과는 싸울 작정이었지만…… 내가 좀처럼 돌아오지 않아서 아이쨩은 책임을 느낀 걸지도 모르겠다.

다들 유적 밖에 있는 것 같으니 빨리 얼굴을 보여 주고 안심시켜 줘야겠다.

"그럼 밖으로 나갈까."

"너랑 함께라면 어디든지 갈래."

그렇게 봉인의 방을 나서려고 했을 때, 통로 맞은편에서 몇 명분의 발소리가 들려왔다.

발소리는 점점 커지고, 이윽고———.

"와아! 사부 아닙까!"

"진짜다! 돌아왔구나!"

"이 봐, 내가 말한 대로지! 애쉬가 마왕에게 질 리가 없지 않느냐!"

"네, 네엡! 정말로 무사해서 다행이에요……!"

에파와 페르미나 씨, 스승님과 아이쨩이 나타났다.

분명 누아르 씨가 좀처럼 돌아오지 않으니까 걱정돼서 상황을 보러 온 것이리라.

대충 본 바로는 네 사람 다 외견에 큰 변화는 없었다.

하긴, 10개월이었으니까. 누아르 씨처럼 급성장하는 게 드문 일이다.

"오랜만입니다, 사부!"

"응, 오랜만이야!"

내게는 2주 만이지만.

"나 기억해?"

"페르미나 씨를 잊을 리 없지."

내게는 2주 만이니까.

"애쉬, 목적은 완수한 게냐?"

"으응. 마법사는 될 수 없었지만…… 그래도 마왕은 확실히 해치웠어."

"그런가요……."

아이짱은 안심한 것처럼 미소를 짓더니 깊이 머리를 숙였다.

"애쉬 씨에게는 뭐라고 감사의 말을 드리면 좋을지……."

"인사할 거 없어요. 저도 마왕과 싸우고 싶었으니까요."

"그렇다 해도 애쉬 씨가 세계를 구해 주신 것은 틀림없는 사실이에요. 그러니 뭔가 원하는 것이 있으면 사양 말고 꼭 말해 주세요! 어떤 거라도 준비해 드릴 테니까요!"

"그럼 밥을 먹고 싶어요."

지금이 몇 시인지는 모르겠지만 내게는 점심시간이다.

"마침 아버지와 콜론 이모님이 식사 준비를 하고 있어요."

필립 씨와 콜론 씨도 와 있는 모양이다.

여기에 있다는 말은 위저드 로드는 완성했다는 뜻인가?

아무튼 두 사람이 기다리고 있다면 빨리 돌아가는 편이 좋을 것이다.

 그리하여 우리는 봉인의 방을 나왔다.

 "그런데 두 사람 다 취직은 한 거야?"

 널찍한 통로를 걸어가면서 에파와 페르미나 씨에게 물었다.

 "했슴다! 저는 고향에서 체육 교사가 됐슴다!"

 "오오! 체육 교사가 됐구나! 에파라면 분명 좋은 교사가 될 거야!"

 "사부가 그렇게 말해 주니 기쁘다! 체육 교사가 되기로 결심한 건 사부 덕분이니까 말임다!"

 "내 덕분?"

 에파는 힘차게 고개를 끄덕인다.

 "고향에서 취직하고 싶다고 생각은 했었지만 하고 싶은 게 특별히 없었으니까 말임다. 가족과 같이 살 수 있는 건 행복하지만 따분한 인생이 되겠다고도 생각했슴다. 하지만 사부 덕분에 몸을 움직이는 일의 즐거움을 알았슴다! 그래서 저는 앞으로도 쭉 즐겁게 살아갈 수 있슴다! 정말 사부와 만나서 최고로 행복함다!"

 에파는 만면의 미소를 지었다.

 설마 이렇게까지 감사받을 줄은 몰랐다.

 에파를 제자로 삼았을 때 처음에는 경솔하게 떠맡아 버린 게 아닐까도 싶었지만…… 이렇게 기뻐해 주고 있다. 에파를 제자로 삼길 정말로 잘했다.

"아무튼 취직 축하해! 그런데 일자리가 결정됐으면, 너무 여유는 부릴 수도 없지 않아? 이사 준비라든가, 이것저것 있을 거 아냐."

"문제없습니다! 이미 학생 기숙사 짐은 친가에 도착했으니까 말임다. 그리고 저, 순간이동을 사용할 수 있게 됐습니다! 그러니 일이 시작될 때까지는 사부 곁에 있겠습니다!"

"나도 애쉬 군과 같이 있고 싶어! 일이 시작되면 좀처럼 만날 수 없게 될 테니까!"

"일이란 건 마법 기사단을 말하는 거지?"

"그러엄! 하지만 토벌 부대에 소속되는 게 결정됐을 뿐이고, 어디에 배속될지는 아직 몰라."

"그건 아마 신인 연수 후에 결정되는 거겠지?"

"응! 다음 달 말 신인 연수가 벌써 기대돼!"

신인 연수에는 메르니아 씨의 권유를 받아 참가한 적이 있다. 내게는 지난주의 사건인데……. 정말로 그 후로 1년 가까이 지났구나.

모두의 근황 보고를 듣고 서서히 실감이 나기 시작한다.

"어디에 배속되더라도 최대한 열심히 하겠지만 가장 바라는 곳은 북방 토벌 부대야! 아버지가 부단장이고, 메르니아 님이 단장이니까. 그리고 북방이 되면 네무네시아도 관할구가 되니까 말이지!"

"졸업한 다음에도 같이 놀고 싶습다! 페르미나 씨가 근처에 있어 준다면 여동생들도 아주 기뻐할 검다!"

"응! 그래도 무엇이 어떻든 간에 토벌 부대에 소속돼서 한숨 돌렸어!"

페르미나 씨와 에파는 행복한 얼굴로 웃고 있다.

두 사람은 오랜 꿈을 이룬 것이다.

나는 마법사가 되지 못했는데…….

그래도 꿈을 이룬 두 사람에게 질투심은 생기지 않는다.

부럽다고도 생각지 않는다.

꿈이 이루어져서 잘됐다고, 진심으로 그렇게 생각한다.

정말…… 나, 무투가라서 다행이야.

나는 저절로 그런 생각이 들었다.

지금까지는 무투가 따위 되고 싶지 않다고 생각했다.

모두와 마찬가지로 마법사가 되고 싶다고 생각했다.

하지만 지금은 아니다.

내가 남들처럼 마법사로서 태어났었다면 부모에게 버림받는 일은 없었다.

스승님과 만나는 일도 없었고, 신체를 단련하려고도 생각지 않았을 것이다.

그렇게 되면 누아르 씨를 골렘으로부터 구할 수도 없었을 것이며…….

아이짱의 말대로 이 세계는 마왕에게 멸망 당했을 것이다.

나는 마력 없이 태어났다.

마력이 없는 처지를 거부하고, 한탄하고, 슬퍼하며 살아왔다.

하지만 그 덕분에 소중한 사람들과 만났고, 지킬 수 있었다.

마법사로 태어나고 싶었다고 진심으로 줄곧 생각했지만…….

지금은 마법사가 아니어서 다행이라고 생각한다.

마력이 없어서 다행이라고——.

무투가라서 다행이라고, 진심으로 생각했다.

"……빛나고 있어."

그런 생각을 하면서 유적의 계단을 오르는데—— 뒤에서 걷고 있었던 누아르 씨가 불쑥 중얼거렸다.

뒤돌아보니 누아르 씨는 내 엉덩이를 집어삼킬 듯이 쳐다보고 있었다.

내 옷은 《남쪽의 제왕》과의 싸움으로 불탔으니 그럴 만도 하다. 전라인 상태는 아니지만 엉덩이는 노출되어 있을 것이다.

누아르 씨에게 엉덩이를 훤히 드러내는 건 부끄러우므로 나는 양손으로 엉덩이를 가렸다.

그러자 누아르 씨는 얼굴을 들고서,

"빛났었어."

라고 말했다.

"뭐가?"

"네 엉덩이."

"내 엉덩이가…… 빛났었어?"

조금 영문을 모르겠다.

신체를 너무 단련해서 급기야 발광 능력까지 손에 넣어 버린 걸까?

내가 진지하게 그런 생각을 하고 있자 스승님의 안색이 변했다.

"애쉬! 잠시 엉덩이를 보여다오!"

"응. 알았어."

스승님에게라면 엉덩이를 보여도 부끄럽지 않으니까 말이다.

나는 스승님에게 엉덩이를 보여 준다.

"이, 이건……!"

스승님이 내 엉덩이를 보고 놀란다.

응?

내 엉덩이가 그렇게 이상한가?

은근히 충격받고 있는데 스승님이 소리쳤다.

"여, 역시 그랬어! 애쉬의 엉덩이에 스티겔이 떠올랐다!"

종 막 새로운 여행의 개막입니다 →

"내 엉덩이에 스티겔이 떠올랐다고?!"

나는 충격을 받았다.

잘못 들은 게 아니라면 스승님은 스티겔이 떠올랐다고 말했다!

그리고 내 귀는 밝다!

즉 잘못 들은 게 아니다!

"우와아, 진짜로 스티겔이 있습다!"

"정말이야! 그리고 애쉬 군 엉덩이는 굉장히 탄탄하네!"

"저, 저도 보고 싶어요! ……와아, 정말로 스티겔이 있네요. 그리고 정말로 잘 단련됐네요."

"사부는 전신을 단련했으니까 말임다! 엉덩이도 딱딱함다!"

"왠지 스티겔도 강해 보이기 시작했어!"

"늠름한 스티겔이에요."

에파와 페르미나 씨와 아이짱이 내 엉덩이를 보고 흥분하고 있다. 하지만 이 중에서 가장 흥분하고 있는 건 틀림없이 나다.

"어, 어디에 떠올랐어?! 내 스티겔, 엉덩이 어디에 떠올랐어?!"

"여기란다. 자, 희미하게 빛나는 게 보이지?"

스승님이 가리킨 곳을 나는 허리를 틀어 확인한다.

"……지, 진짜다."

확실히 희미하게 빛나고 있다.

마치 엉덩이에 반딧불이가 멈춰 있는 듯한 환상적인 빛…….

하지만 여기에 반딧불이는 없고, 내게는 발광 능력도 없다.

그렇다면 원인은 하나뿐.

내게 마력이 깃들었다!

드디어 마법사가 된 것이다!

"으앗싸아아아아아아아아아아아아아아아아아아아아아아!"

정말로?! 된 거야?! 나, 마법사가 돼도 되는 거야?!

사용한다?! 나, 마법 사용한다?!

먼저 뭐부터 써볼까나.

뭐니 뭐니 해도 마법사라고 하면 비행 마법, 플라이지!

아, 하지만 그전에 계통을 확인해야겠다!

바람 계통이 아니라면 플라이는 사용할 수 없으니까 말이지!

그래도 마법은 쓸 수 있다!

왜냐면 나는 마법사니까!

"어, 엄청난 외침이 들려왔는데 무슨 일이 생겼니?"

"오오! 애쉬 군이잖아! 무사히 돌아왔구나!"

내가 흥분하고 있자 콜론 씨와 필립 씨가 계단에서 내려왔다.

"때마침 잘 왔네! 놀랍게도 애쉬에게 마력이 깃들었어!"

"마력이 깃들었다고?! 저, 정말로 불가능을 실현해 버렸구나……."

"봐, 봐도 될까?"

"물론이에요!"

나는 콜론 씨와 필립 씨에게로 엉덩이를 돌린다. 보통 이런 짓은 안 하지만 지금 내게 창피함 따위는 없다.

"저, 정말로 스티겔이 떠올랐어."

"희미하지만…… 색으로 보아 이건 바람 계통이네."

"정말이요?! 저, 바람 계통의 마법사가 된 건가요?!"

필립 씨는 힘차게 고개를 끄덕였다.

"다만 스티겔의 농도로 보아 마력은 미약하지만 말이지."

"그렇다 해도 기뻐요!"

마력이 없는 것과 미약한 것은 큰 차이가 있다.

마력은 정신력을 단련함으로써 강해진다.

즉, 이 상태에서도 대마법사가 될 수 있는 것이다!

"발견해 줘서 고마워, 누아르 씨!"

누아르 씨가 스티겔을 발견해 주지 않았다면 나는 평생 알아채지 못했을지도 모른다.

그만큼 내 스티겔은 옅은 것 같다.

어둑어둑한 가운데 코앞에서 내 엉덩이를 보았기에 스티겔의 존재를 알아챌 수 있었다.

"진짜 용케 발견했어. 나도 감사의 인사를 하마."

누아르 씨는 기쁜 듯이 서서히 볼을 붉힌다.

"어쩌다 애쉬의 엉덩이가 눈앞에 있어서 본 것뿐이야. 그랬더니 갑자기 빛났어."

그 말에 웃는 얼굴이었던 스승님이 정색했다.

"갑자기 빛났다고?"

"응. 계단을 오르는데 갑자기 엉덩이가 반짝였어."

"그런데 마력이 깃든 계기가 마왕 토벌이라면 스티겔은 봉인의 방으로 귀환한 시점에서 떠올랐을 텐데?"

"아니, 계기는 마왕이 아니라고 생각해."

놈들과 싸워 정신적으로 성장할 수 있었다면 나는 진작 마법사가 됐을 것이다.

"그럼 왜 마력이 깃든 거지?"

"나도 모르겠어. 그냥 좀 생각을 하면서 걷고 있었는데 누아르 씨가 지적해 줬어. 엉덩이가 빛나고 있다고."

"생각이라, 구체적으로 무슨 생각이냐?"

모두가 신기하게 지켜보는 가운데 나는 아까 생각했었던 바를 상세하게 들려줬다.

"틀림없이 그게 계기네."

"응. 그것밖에 생각할 수 없어."

"진심으로 노력한 애쉬 군이기에 그렇게 해서 마력이 깃든 것이겠지."

마력이 깃든 이유에 짐작이 갔는지, 스승님들은 납득한 표정을 짓는다.

"왜 제게 마력이 깃든 건가요?"

그때 나는 마법사가 아니라 다행이라고 진심으로 생각했다.

스승님들의 말로 미루어 그렇게 생각한 것이 계기가 되어 내게 마력이 깃든 모양인데……. 그래도 왜 그걸로 마력이 깃드는 거지?

오히려『마력을 원한다』와는 대극에 놓인 생각을 한 건데.

"애쉬는 마력 없이 태어났다는 환경을 받아들이지 못했고, 마법사가 되기 위해서 필사적으로 노력했지. 자신에게 마력이 없음을 알고 나서도 마법사가 되는 것을 포기하려고는 하지 않았어."

"애쉬 군에게 마법사가 되는 것은 무엇보다도 중요한 일이었지. 그 때문에 죽을힘을 다해 노력해 온 거고."

"그런 애쉬 군이 마력 없이 태어났음을 받아들였어. 죽을힘을 다해 한사코 거부한 환경을 받아들이는 건 보통 정신력으로는 못 해."

요컨대 지금까지의 나는 생떼를 쓰는 아이와 마찬가지로──정신적으로 미숙했다는 말인가.

하지만 도저히 받아들일 수 없었던『마력이 없다』는 처지를 진심으로 받아들이고 무투가로서의 자신을 오롯이 긍정함으로써 같은 자리를 맴돌고 있었던 나는 한 발짝 앞으로 나아갔다———.

　정신적으로 성장했다.

　그리고 된 것이다.

　꿈꾸던 마법사가.

　이렇게 된 이상 할 일은 정해져 있다.

"나, 하늘을 날겠어!"

　염원하던 마법사가 되었다.

　거기다 바람 계통의 마력이 깃들었다.

　이렇게 되었으니 하늘을 나는 수밖에 없다!

　"스승님! 그 위저드 로드, 아직 서쪽 유적 옆에 있어?"

　스승님은 눈을 돌렸다.

　"뭐, 있기는 있는데…… 사용하는 건 무리일 게다."

　"사용하는 게 무리라고? 왜? 그 로드에 무슨 일 있었어?"

　스승님들은 얼굴을 마주 본다.

　그리고 필립 씨가 말했다.

　"사실, 그 위저드 로드는———."

◆

거슬러 올라가길 2개월 전———.

대륙 최서단 평원에서.

"이, 이제 이 이상은 압축할 수 없어."

"상정한 것의 다섯 배 이상 커져 버렸네."

"애쉬 군이라면 능히 다룰 수 있겠지만, 이걸 받고 기뻐할까?"

"분명 기뻐해 줄 거야."

거대한 물체를 올려다보며 콜론과 필립은 드디어 완수했다는 표정을 하고 있었다.

아이언 웜의 배설물이 섞인 흙을 모아 굳히고, 압축 마법을 걸어서 만든 『절대로 부서지지 않는 위저드 로드』.

재료를 찾기 시작한 지 1년. 당초엔 재료를 입수할 수 있을지 없을지조차 불안했으나 마침내 완성이 눈앞에 다가와 두 사람은 무척 안도하고 있었다.

"가능하면 모리스도 이 순간을 마주하길 바랐어. 그 사람이 가장 힘썼으니까."

"어쩔 수 없지. 모리스에게는 누아르를 지켜봐야 하는 중요한 임무가 있으니 말이야."

최동단 유적에서 애쉬의 소식이 끊기고 8개월——. 누아르는 유적 근처에서 애쉬가 돌아오길 계속 기다렸고, 모리스는 그런 그녀를 지켜보고 있다.

"애쉬 군, 언제쯤 돌아오게 될까?"

"언제가 될지는 모르겠지만 반드시 마법사가 되어 돌아올 거야. 그렇기에 우리는 위저드 로드를 만드는 거고."

"그, 그래. 그래서…… 이제 뭘 하면 될까?"

"애쉬 군이 마음에 들어 할 만한 무늬를 넣으면 완성이야."

워낙 커서 무늬를 넣는 데에만 몇 주는 걸릴 것 같지만, 애쉬가 기뻐하는 얼굴을 상상하면 피로는 싹 날아가 버린다.

"문제는 애쉬 군의 취향을 모른다는 거네. 왠지 모르게 남자아이는 삐죽삐죽한 무늬를 좋아할 것 같은데…… 어때?"

"나는 좋아하지만 애쉬 군이 좋아할지는 모르겠군. 모리스한테 물어볼게."

필립은 품에서 휴대전화를 꺼내고 바로 모리스에게 전화를 걸었다.

『무슨 일이야?』

"여어, 모리스. 애쉬 군은 돌아왔나?"

『아직이네. 빨리 돌아와 줬으면 좋겠는데…….』

모리스는 어두운 목소리로 말한다.

친구의 기운을 북돋아 주기 위해 필립은 밝은 목소리로 새로운 소식을 전했다.

"실은 조금 전에 위저드 로드의 압축이 끝났어. 이제 무늬만 넣으면 돼."

『오오, 드디어 거기까지 진행됐나!』

낭보를 듣고 모리스의 목소리에 쾌활함이 깃들었다.

『무늬라면 애쉬가 좋아할 만한 무늬를 넣는 거겠지?』

"그럴 생각이야. 지금은 제1 후보가 삐죽삐죽한 무늬인데, 애쉬 군이 좋아하는 무늬에 짚이는 게 좀 있나?"

『애쉬는 룬 무늬를 좋아해.』

마법사를 동경하는 애쉬다운 취향이다.

『애쉬는 정말로 룬을 좋아해서 말이지. 어렸을 때는 완전히 새로운 룬을 그리고는 나한테 보여 준 적도 있었네. 어떤 효과가 있는 룬이냐고 물었더니 내 요통을 치료하는 마법이라고 하지 뭐야. 애쉬가 좋아하는 얼굴이 보고 싶어서 나는 기합으로 요통을 치료했어. 그리고——.』

잠시 추억 이야기에 빠진 다음 모리스는 만족스럽게 통화를 끊었다.

"통화가 길었네……. 그래서, 애쉬 군 취향은 알아냈어?"

"애쉬 군은 룬 무늬를 좋아한다는 모양이야."

"애쉬 군답네. 멋진 룬을 새겨서 기쁘게 해주고 싶다."

"그럼 조금만 더 힘내도록 할까."

필립과 콜론은 각자의 지팡이를 들고 자세를 취했다.

각인 마법을 사용해서 머릿속 이미지대로 무늬를 새기려는 것이다.

하지만 거대 위저드 로드의 표면에는 흠집 하나 생기지 않았다.

너무 단단하기 때문이다.

"이, 이 결과에는 기뻐해야겠지?"

"그러게."

애쉬의 바람은 『절대로 부서지지 않는 위저드 로드』다. 무늬를 새길 수는 없었으나 표면에 흠집이 나지 않는 것은 기뻐해야 할 부분이리라.

여하튼 이로써 위저드 로드는 완성이다.

"이제 동쪽 유적으로 옮기기만 하면 되겠다."

애쉬는 마법사가 되어 돌아올 터. 그때 바로 마법을 사용할 수 있도록 동쪽 유적으로 옮기는 편이 좋을 것이다.

"그, 그래도 이만한 크기면 배에 싣는 건 무리야."

"그러게. 그러면 부유 마법으로 대륙 끝까지 옮기는 수밖에 없을 것 같은데."

"응. 하지만…… 이게 뜰까?"

모으고, 굳히고, 압축하기를 반복했기 때문에 외관 이상의 무게가 되었음이 틀림없다.

애쉬라면 가볍게 휘두를 수 있겠지만, 필립과 콜론의 부유 마법이 통할지.

"먼저 잘 뜨는지 시험해 볼까?"

"그게 좋겠다."

안전을 위해 위저드 로드로부터 멀찍이 떨어져서, 두 사람은 호흡을 맞춰 부유 마법을 사용한다.

부우웅!

부유 마법의 룬이 완성된 순간, 위저드 로드는 급상승――.
구름을 뚫고 하늘 저편으로 날아가 버렸다.

아득한 상공으로 사라진 위저드 로드에 콜론은 몹시 당황했다.

"미, 미안해. 뜰지 어떨지 몰라서 전력을 내고 말았어."

"나도. 그래도 일단 뜨는 걸 알아서 한시름──."

고오오오오오오오오오오오오오오──!

필립은 숨을 죽였다.

상공을 올려다보자 위저드 로드가 떨어지고 있었다.

"위, 위험해! 콜론! 부유 마법으로 막아내자!"

"아, 알았어! ──무, 무리야! 너무 무거워!"

"이, 이쪽도 마력이 부족해!"

날릴 때 마력 대부분을 사용했다. 운석과 같이 낙하하는 위저드 로드를 막아낼 마력은 남아 있지 않았다.

덤으로──.

"뒤, 뒤집혔어."

지금의 부유 마법으로 밸런스가 무너진 것인지 위저드 로드는 상공에서 위아래가 뒤바뀌었다. 날카롭고 뾰족한 끝이 이쪽을 향하고 있다.

"크윽! 트, 틀렸어! 이제 방법이 없어!"

"어, 어떡하지?!"

"도망쳐, 콜론!"

두 사람은 급히 뛰기 시작했다. 정신없이 평원을 달리고 있자──.

쿠우우우우우우우우우우우우우우우우우우우우우우웅!!!!

지축을 흔드는 엄청난 소리가 덮쳐 왔다. 돌멩이가 쏟아지고, 땅이 여러 줄기로 갈라지고, 흙먼지가 눈사태같이 밀려온다.

그리고 흙먼지가 갰을 때…….

"파묻혀 버렸어……."

"파묻혀 버렸네……."

위저드 로드는 대지에 깊숙이 박혀 있었다. 그렇게 컸던 위저드 로드는 현재 끄트머리 부분만이 살짝 나와 있을 뿐이다.

"가, 갈라진 땅은 마법으로 원래대로 돌린다 치고…… 위저드 로드는 어떡하면 좋을까?"

"마력이 회복되면 부유 마법으로 회수해야지. 그다음에는…… 애쉬 군더러 가지러 오라고 하는 수밖에 없겠어."

콜론은 지친 기색으로 수긍했다.

"찬성이야. 이건 조금…… 우리 힘에 부쳐."

그리하여 마력의 회복을 기다리며 두 사람은 위저드 로드 회수 작업에 착수했다.

하지만 땅속 깊숙이 박힌 위저드 로드는 전력을 다한 부유 마법에도 미동도 하지 않아, 두 사람은 할 수 없이 갈라진 땅과 함께 위저드 로드를 묻어버리기로 한 것이었다——.

◆

"──그렇게 됐다."

필립 씨가 말하길 『절대로 부서지지 않는 위저드 로드』는 땅속 깊숙이 파묻힌 듯하다.

"저, 정말로 미안해. 애쉬 군, 그렇게 기대했었는데……."

"콜론과 모리스 잘못이 아니야. 다 내 부주의가 부른 결과지. 정말로…… 미안하게 됐구나."

"사과하지 마세요! 저는 그 마음만으로도 기쁘니까요!"

"그렇지만 위저드 로드가 없으면 지금 당장 마법을 사용할 수 없어."

확실히 지금 바로 마법을 사용할 수는 없지만──.

"내 지팡이를 사용하면 돼."

"제 것도 써도 됨다!"

"내 것도 빌려줄게!"

"제 것도 사용하셔도 상관없어요!"

다들 일제히 위저드 로드를 내밀어 왔다.

마법사에게 지팡이란 사무라이의 칼과도 같은 물건이다. 그것을 선뜻 빌려주겠다니, 대단히 신용 받고 있다는 증거이다.

모두의 마음은 기쁘지만 이 위저드 로드 전부를 동시에 사용할 수는 없다. 누구에게 빌릴지 망설이다…… 제일 먼저 말을 꺼내기도 한 누아르 씨의 위저드 로드를 사용하기로.

그렇게 누아르 씨에게서 위저드 로드를 빌린 나는 유적을 뒤로했다.

밖으로 나오자 눈앞에 작은 오두막집이 세워져 있었다. 그리고 머리 위에는 구름 하나 없는 푸른 하늘이 펼쳐져 있다.

하늘을 날기엔 더할 나위 없이 좋은 날씨다.

"바로 시도해 볼게!"

주변에 그렇게 말하고 나는 위저드 로드를 가볍게 쥐었다.

대지를 갈라 버리지 않도록 끝부분을 조금씩 움직여서 비행 마법의 룬을 완성시킨다.

그 결과——.

내 몸은 1밀리도 뜨지 않았다.

하지만 나는 당황하지 않는다.

내 마력은 미약하다고 하니, 비행 마법을 사용하기엔 마력이 부족한 것이다.

그러면 해볼 만한 건 그다지 마력이 필요하지 않은 마법인 가…….

그리고 보니 이전에 다섯 살 정도 되는 남자아이가 마법을 사용해 통나무를 장작으로 만드는 광경을 본 적이 있었지.

내가 처음 스승님에게 배운 마법(물리)도 카마이타치였고……. 그렇게 생각하니 뭔가 운명적인 것이 느껴진다.

좋아, 정했다.

맨 처음 사용할 마법은 카마이타치로 하자!

"나, 카마이타치를 사용해 볼게!"

오두막집이 있는 곳에 널려 있는 통나무를 손에 들고 칼자국이 없는 것을 확인한 다음 그 자리에 놓는다.

그리고 모두가 지켜보는 가운데 나는 카마이타치 룬을 그리고
── 완성했다.

쥐 죽은 듯이 조용해진 후──.

"……아무 일도 일어나지 않는구나."

스승님이 나직이 중얼거렸다.

통나무는 두 동강이 나기는커녕 꿈쩍도 하지 않았다.

하지만 내 눈은 확실하게 『그것』을 포착했다.

"아니야, 스승님! 마법은 확실히 발동했어!"

나는 통나무를 손에 들고 스승님들에게 과시한다.

"봐, 여기! 희미하게 손톱으로 문지른 듯한 자국이 있어! 이
거, 내가 카마이타치로 낸 자국이야!"

내가 만면의 미소를 띠고 보고한 순간──.

와아 하고 환호성이 터져 나왔다.

"나를 골렘에게서 구해 준 카마이타치도 좋지만 그 카마이타
치도 좋아."

"정말로 마법사가 되다니, 역시 제 사부임다! 완전 멋있슴다!"

"오늘은 파티해야겠네! 파티! 모두의 꿈이 이루어진 기념 파

티야!"

"애쉬 씨의 꿈이 이루어진 게 왠지 제 일처럼 기쁘네요."

"정말로 경사 났네. 오늘 이 날을 국가 기념일로 해도 좋을 정도야!"

"진짜, 다행이야……. 이걸로 이제 미련은 없어……."

"모, 모리스, 울어?"

"제자의 꿈이 이루어졌는데, 어찌 울지 않을 수 있겠어……. 잘됐어, 정말 잘됐어……."

모두가 축복해 주었다.

스승님이 눈물을 흘릴 정도로 기뻐해 주었다.

나는 그것이 견딜 수 없이 기뻤다.

"고마워, 다들! 나 해냈어! 드디어 마법사가 됐다고! 그러니 대마법사가 되기 위해서 무사 수행을 떠날 거야!"

나는 염원하던 마법사가 되었다.

하지만 전생 때부터 동경했었던 화려한 마법은 사용할 수 없다.

다섯 살 아이조차 통나무를 장작으로 만들 수 있는데, 나는 칼자국조차 내지 못한다.

마법사로서 할 수 있는 게 당연한 일을 하지 못한다.

틀림없이 나는 세계에서 가장 약한 마법사다.

마력이 너무 약하면 평생 고생하게 된다.

세계최약의 마법사가, 남들 같은 생활을 보낼 수는 없다.

그건 맞는 말일지도 모르지만——.

나는 세계최약의 마법사인 동시에 세계최강의 무투가이기도 하다.

지나치게 노력한 나는 고생을 고생으로 느끼지 않는다.

앞으로 무슨 일이 일어나더라도 여유롭게 헤쳐 나갈 자신이 있다.

마법 세계를, 나는 몸뚱이 하나로 살아왔으니까.

그날 오후.

페르미나는 여자 기숙사의 한 방에서 머리를 싸매고 있었다.

"으아아~! 어떡하지!"

끙끙 신음하는 페르미나의 손에는 한 권의 책이 있었다.

어젯밤 친구에게 빌린 요리책이다.

페르미나는 요리 같은 건 해본 적이 없다. 있다고 해봤자 고작 고기를 굽는 정도다. 그래서 요리책은 읽은 적이 없었다.

그러나 오늘은 다르다. 페르미나는 인생 첫 본격적인 요리에 도전하려 하고 있다. 하지만, 해가 뜨고 얼마 안 될 무렵부터 열심히 읽고는 있지만 무엇을 만들면 좋을지 정하지 못하고 있다.

"뭘 만들면 좋을까……."

먹는 것 가지고 이렇게 고민하기는 처음이다.

여하튼 평소에는 불고기 이외의 선택지는 없으니까 말이다. 먹고 싶은 건 항상 정해져 있어서 음식이 얽힌 문제에 직면한 일이 없었다.

그러나 이번에는 페르미나 혼자서 먹는 게 아니다. 친구에게 대접하기 위해서 요리를 하려는 것이기 때문이다.

사건의 발단은 어제 종업식이 끝날 무렵——. 승급 시험 결과가 발표됐고, 페르미나, 애쉬, 에파, 누아르는 무사히 상급반을 유지했다.

내년에도 같은 반이 될 수 있다. 그리고 그것을 축하하고자 페르미나의 방에서 파티를 열게 된 것이다.

돌발적으로 결정된 일이긴 하지만 대략적인 계획은 세워 뒀다. 파티 개시 시각은 오늘 저녁부터. 실내 장식은 페르미나가 하고, 남은 참가자가 과자를 가지고 모이기로 하였다.

그런데 개시 시각은 정했어도 종료 시각은 정하지 않았다. 밤을 새우며 파티하게 되면 과자만으로는 배가 고파질 것이다.

그래서 파티 주최자로서 모두에게 식사를 대접하기로 했지만 페르미나는 요리 경험이 없다——. 학생 기숙사에는 공동 주방이 있으나 이용한 적은 없었다.

"이럴 줄 알았으면 요리 공부도 해둘 걸 그랬어."

페르미나는 어렸을 때부터 마법 기사단을 동경했었다. 왜냐면 페르미나의 아버지가 마법 기사단에 소속되어 있기 때문이다.

사람들을 위해서 목숨 걸고 싸우는 아버지의 모습에 감명을 받고 페르미나는 소중한 사람들을 마물의 위협으로부터 지킬 수 있도록 누구보다도 강해지고 싶다고 생각하게 되었다.

그런 꿈을 이루기 위해서 여자아이다운 놀이를 일절 하지 않고 노력을 거듭해 세계 최고봉의 교육 기관—— 엘슈타트 마법 학원에 진학했다.

입학 후에도 우수한 성적을 유지하기 위해서 매일 늦게까지 공부하느라 요리할 시간 따윈 없었다.

"아, 이대로라면 파티가 시작되고 말아!"

실내 장식은 어제 끝냈지만, 무슨 요리를 할지 정하지 못한 채 어느덧 정오가 되어 버렸다.

불고기 정도라면 만들 수 있지만―― 오늘은 밤새도록 수다를 떨 생각이다. 가능하면 식어도 맛있는 요리를 대접하고 싶다.

"이렇게 되면……."

페르미나는 휴대전화를 꺼냈다. 어머니에게 파티에 어울리는 요리와 만드는 법을 배우기로 한 것이다.

그런 생각으로 전화를 걸자――.

『무슨 일이니?』

어머니의 느긋한 목소리가 들려왔다. 어머니의 목소리를 듣고 페르미나는 조금 차분해졌다.

"갑자기 전화해서 미안해. 지금 바빠?"

『딸의 연락보다 중요한 게 있겠니. 그래서 왜 전화했어?』

"그게 있잖아, 요리 만드는 법 좀 가르쳐 줘."

『네가 요리를? ……오늘은 내내 맑다고 들었는데, 비라도 내리려고 그러나?』

"……."

그 정도로 희한하게 볼 거 없는데, 하고 페르미나는 마음속으로 꿍얼거렸다.

"친구들이랑 파티하거든. 그때 먹을 요리를 만들고 싶어."

『친구들이랑? 그건 내일 오는 친구들 말하는 거니?』

내일 애쉬, 에파, 누아르와 함께 페르미나의 친가에 놀러 간다. 이것은 어머니에게 전달했다.

"응. 그 친구들이야. 그래서 제대로 된 요리를 만들고 싶어. 그러지 않으면…… 만약 배탈이 나면 큰일이니까."

『그러네. 고기를 구울 때는 확실하게 구워야 해.』

"고기 말고 다른 게 좋겠어."

『고기 말고? ……너, 페르미나 맞지? 내 귀여운 딸 맞지?』

"나 맞아!"

설마 다른 사람 아니냐고 의혹을 받을 줄은 생각지 못했다.

페르미나는 마음을 가누듯이 헛기침을 하고.

"파티에 어울리고, 식어도 맛있는 요리를 만들고 싶어. 뭔가 없을까?"

『글쎄. 샌드위치 같은 건 어떠니?』

페르미나는 귀가 번쩍 뜨였다.

"그, 그거다! 그거야!"

샌드위치는 재료를 빵 사이에 끼우기만 하면 되는 간단한 요리다. 또 손이 더러워질 걱정도 없고, 옷에 냄새가 묻을 염려도 없다.

즉 샌드위치는 더할 나위 없을 만큼 파티에 어울리는 요리다!

문제는 만드는 게 간단해 보여도 페르미나가 요리를 해본 적이 없다는 사실. 만일을 위해 만드는 법을 듣는 편이 좋겠다.

이렇게 어머니에게 샌드위치 만드는 법을 배운 페르미나는 곧바로 재료를 사러 마을로 나갔다.

◆

여자 기숙사를 나선 페르미나는 늘 들러 익숙한 상점가를 뛰고 있었다.

이 거리에는 상점이 즐비하다. 평소에는 불고기집으로 가기 위해 찾았지만, 이번에는 다른 목적이 있어서 이 거리에 왔다.

"오오! 페르미나 아니냐!"

파티까지 시간은 별로 남아 있지 않다. 목적인 가게를 노리고 종종걸음으로 향하는데, 풍채 좋은 남자가 쾌활하게 웃으며 인사해 주었다.

"아저씨! 일주일만이네!"

단골 고깃집 사장님이다.

발을 멈추자 식욕을 돋우는 향기가 감돌았다. 이 가게에서는 고기를 사 가는 것 외에 즉석에서 식사하는 것도 가능하다.

"슬슬 올 때가 됐지 싶었다! 오늘도 실컷 먹고 가거라!"

"아니. 오늘은 안 먹을래."

"그러니."

사장님은 아쉬워 보이는 표정을 짓는다.

"뭐 다른 볼일이라도 있어?"

"나 있잖아, 채소를 살 거야!"

"뭐, 뭐라고?! 채소를 사?!"

주인장이 충격을 받은 것처럼 눈을 동그랗게 떴다. 그리고 근심 어린 눈길을 보내온다.

"대, 대체 무슨 일이야? 페르미나가 채소를 먹는다니……. 그런 말도 안 되는 일이……. 오늘 무슨 폭풍이라도 치는 건가?"

"오늘은 하루 내내 맑아!"

엄마도 그렇고, 사장님도 그렇고 페르미나가 고기 이외의 음식을 먹는 게 그렇게 희한한 일일까. ……뭐, 희한하기야 하겠지. 그건 페르미나가 제일 잘 알고 있다.

"왜 채소를 먹는 거니? 항상 고기를 반찬으로 고기를 먹었는데……."

페르미나가 엘슈타니아에서 살기 시작하고 슬슬 3년째인데, 고깃집 사장님의 말마따나 고기에 푹 빠진 생활을 보내고 있다. 수북하게 담은 고기랑 같이 볶은, 명목 수준의 채소를 먹는 일은 있지만 채소를 사는 건 처음이다.

"오늘은 있지, 샌드위치를 만들 거야!"

"샌드위치라. 평소의 페르미나라면 고기를 고기 사이에 끼울 테지만…… 채소를 산다는 말은 그게 아니라는 거구나?"

"응. 채소나 달걀을 끼울 거야."

"채소에 달걀? ……대체 무슨 일이야? 설마 고기가 질린 건……."

"그렇지 않아! 나, 고기 아주 좋아해! 그래도 오늘은 아니야.

내가 먹기 위해서가 아니라…… 친구들이 샌드위치를 먹어 주면 좋겠어서!"

"아하. 친구들이구나!"

사장님은 납득한 것처럼 웃음을 띠었다.

"불고기보다 소중한 친구들이 생겼구나!"

"응!"

친구들과 불고기를 저울에 달 생각은 없지만 페르미나는 자신 있게 고개를 끄덕일 수 있었다.

페르미나는 불고기를 아주 좋아한다. 어렸을 때 강해지려면 어떡해야 좋을지 아버지에게 물어봤을 때, 힘을 기르려면 고기를 먹는 게 제일이라는 말을 들었다. 물론, 아버지에게 추천받기에 앞서 페르미나는 불고기의 포로가 되어 있었지만.

그래도 지금은 불고기보다 친구들을 더 좋아한다고 자신 있게 말할 수 있다.

에파와는 1학년 때부터 매일 수다를 떠는 사이였으나── 요 반년 사이 친가에 놀러 갈 정도까지 관계가 진전됐다.

누아르와도 1학년 때부터 같은 클래스였는데, 그때는 페르미나가 먼저 말을 걸어도 상대해 주지 않는 일이 많았다. 그러나 애쉬를 통해서 요즘은 곧잘 수다 떠는 사이가 되었다.

애쉬와는 반년 전에 같은 반이 되었다. 실기에서도, 학력에서도 우수한 성적을 자랑하고 있었던 페르미나는 둘 다 애쉬에게 지고 말았다──. 애쉬에게 지고 분한 마음도 있었지만, 그 이상으로 페르미나는 기뻤다.

주변에 자기보다 압도적으로 강한 사람이 있는 건 강해지기 위해 최고의 환경이니까.

애쉬와 경쟁함으로써——바로 옆에 라이벌이 있음으로써 페르미나는 더욱 강해질 수 있다.

그런 애쉬, 누아르, 에파를 페르미나는 무척 좋아한다.

그래서 맛있는 샌드위치를 만들어 세 사람을 기쁘게 해주고 싶은 것이다.

"다음에는 친구들 데리고 오렴! 서비스 줄 테니까!"

"고마워! 또 올게!"

고깃집 사장님과 헤어진 다음 페르미나는 근처 가게에서 채소와 달걀, 빵에 치즈에 마요네즈 등을 구매한다.

그렇게 필요한 재료를 손에 넣은 페르미나는 부리나케 여자 기숙사로 되돌아왔다. 되돌아온 발길 그대로 공동 주방으로 향한다.

엘슈타트 마법 학원에 입학하고 슬슬 3년째가 되지만 이렇게 주방에 서기는 처음이다. 기재를 파손시키지 않도록 조심해야겠다.

"으음, 우선 삶은 달걀을 만들고, 그 사이에 빵과 채소를 자르고……."

어머니에게서 배운 요리법을 떠올리면서 요리를 시작한다. 뜨거운 삶은 달걀과 익숙지 않은 식칼에 고전하면서도 어찌어찌 모든 재료를 빵 사이에 끼웠다.

"……이, 이런 느낌이면 되나?"

익숙지 않은 요리에 애를 먹으면서도 샌드위치를 완성시킨 페르미나는…… 조심스럽게 맛을 보았다.

"……응. 뭐, 맛있는 거 같은데? 그치만 조금 맛이 심심할지도? 아니아니, 이 정도가 딱 좋아……. 아닌가?"

적어도 맛없지는 않지만…… 불고기에 빠진 나날을 보낸 만큼 미각이 이상해져 있을 우려도 있다. 누군가가 맛을 보아 줄 때까지는 안심할 수 없다.

그때 한 여학생이 나타났다.

"아, 페르미나 씨!"

상냥하게 인사해 온 여학생은 하급반의 니나다. 그 손에는 쇼핑 봉투가 쥐어져 있다.

"니나도 요리하러?"

니나와는 최근까지 교류가 없었으나, 요전번 엘슈타니아에 《무지개의 제왕》이 쳐들어왔을 때 함께 애쉬를 응원한 것이 계기가 되어 친해졌다.

그 후 3주 정도밖에 지나지 않았지만 니나는 애쉬와 에파의 친구다. 정말 좋아하는 친구들의 친구라는 인연으로 친근감이 생겨서 급속히 친해지게 된 것이다.

"응. 주 3일은 자취하고 있어!"

"아하! 니나는 요리가 특기구나!"

"특기라고 할 정도는 아니지만 말이지. 그래도 의외다. 페르미나 씨도 요리하는 줄은 몰랐어. 이거, 전부 혼자서 먹게?"

"아니. 애쉬 군에게 먹일 거야."

"그 말은, 혹시 데이트?"

니나가 눈을 반짝이며 바싹 다가왔다.

"데이트 아니야. 애쉬 군과는 그런 사이도 아니고. 그리고 에파와 누아르도 함께야⋯⋯."

아무래도 니나는 연애 이야기를 좋아하는 모양이다. 하지만 페르미나는 그런 쪽은 잘 모른다. 어렸을 때부터 공부만 하는 나날을 보내왔기 때문에 연애 이야기에 어둡다.

"그래도 애쉬 군에게 직접 만든 요리를 대접하는 거지? 좋겠다. 나도 남자한테 대접할 요리를 만들어 보고 싶은데! 매일 먹고 싶을 정도로 맛있다는 말을 들으면 난 너무 행복해서 기절하고 말 거야!"

확실히 『매일 먹고 싶어』는 최고의 칭찬이다. 그 정도로 직접 만든 요리를 좋아해 준다면 날마다라도 먹여 주고 싶어지리라.

아무튼.

"니나. 잠깐 이거 좀 먹어 봐 줄래? 첫 요리라서 잘했는지 모르겠어서⋯⋯."

"맛보기 정도라면 얼마든지 하겠지만⋯⋯. 그런데 내가 먹어도 돼? 페르미나의 첫 요리니까 처음은 애쉬 군에게 먹어 달라는 편이 좋지 않겠어?"

"왜?"

"왜는, 그쪽이 더 로맨틱하니까 그렇지! 애쉬 군, 『처음으로 해본 요리를 나한테?』라며 감동할 거야! 반드시 기뻐해 줄 거야!"

로맨틱보다 안전성을 중시하고 싶지만…… 그러는 편이 더 기뻐해 준다면 니나의 말대로 해보자.

"아차, 시간이 벌써 이렇게! 그럼 또 봐, 니나!"

창을 통해 석양이 쏟아져 들어오고 있었다. 파티가 시작될 때까지 이제 시간이 없다.

니나와 헤어진 페르미나는 샌드위치를 떨어뜨리지 않도록 조심하면서 서둘러 방으로 돌아왔다.

◆

그 후 얼마 지나지 않아, 페르미나의 방에 조심스러운 노크 소리가 울렸다.

"네, 네~!"

싱글벙글하며 문을 열자, 거기에는 자그마한 여자아이가 오도카니 서 있었다.

"누아르! 잘 왔어! 자, 들어와, 들어와!"

"실례할게. ……아무도 안 왔어?"

아무도 없는 방을 한 바퀴 둘러보는 누아르를 향해 페르미나는 환하게 웃으며.

"누아르가 제일 먼저 왔어! 빨리 왔다는 것은 그만큼 파티를 기대하고 있었다는 뜻이겠지! 오늘은 실컷 놀자! 자, 앉아, 앉아!"

누아르는 쿠션에 앉는다. 그 눈앞에는 샌드위치가 나란히 담긴 접시가 놓여 있다.

(뭔가 말하려나.)

샌드위치에 관해서 어떤 감상을 말할지도 모른다며 두근거리고 있자—— 누아르가 상자를 테이블 위에 두었다.

"케이크를 사 왔어."

"와아! 케이크를 다 사 왔네! 비싸지 않았어?"

"파티라서 큰마음 먹었어. 양초도 있어."

누아르가 어딘지 모르게 의기양양하게 양초를 테이블에 늘어놓기 시작했을 때 노크 소리가 울렸다.

"네, 네~!"

문을 열자 거기에는 만면의 미소를 띤 여자아이가 우뚝 서 있었다.

"에파! 기다리고 있었어! 자, 들어와, 들어와!"

"실례하겠슴다! ——어, 누아르 씨 일찍 왔네요! 틀림없이 제가 제일 먼저 왔을 거라고 생각했슴다!"

"파티가 기대됐거든."

"저도 기대됨다! 오늘은 아침까지 떠들어요! 아, 이거 과자임다."

에파가 가로로 긴 상자를 내밀었다. 안을 보니——.

"와아! 도넛이다! 많이도 사 왔네!"

"수다에는 당분을 빼놓을 수 없으니까 말임다!"

"그렇지, 그렇지! 아, 앉아도 돼!"

"실례하겠슴다! 앗, 이거 페르미나 씨가 만든 검까?"

샌드위치가 언급되자 페르미나는 가슴이 철렁했다.

"응. 맛있을지 어떨지는 모르겠지만."

"뭘요! 엄청 맛있어 보임다! 언제 먹을 검까? 저, 무지하게 배고픈데."

"점심 거르고 왔어?"

"양껏 먹었슴다. 그래도 오늘은 착실히 새로운 기술 훈련을 해서 말임다! 이미 전부 소화되어 버렸슴다!"

"새로운 기술은 무투가로서의?"

"물론임다! 새로운 기술을 마스터할 때까지 시간이 조금 더 걸리겠지만, 이 기술을 척척 쓸 수 있게 되면 사부에게 또 한 발짝 가까이 가는 검다!"

페르미나와는 방향이 다르지만 에파도 강해지기 위해서 노력하고 있다. 노력하는 친구들을 보고 있으니 갑자기 의욕이 솟구친다.

하지만 오늘은 파티다.

강해지는 건 잠시 잊고, 오늘은 신나게 놀자.

"샌드위치는 애쉬 군이 오고 나서 같이 먹자. 슬슬 올 시간인데……."

"어쩌면 여자 기숙사라서 주저하고 있을지도 모르겠슴다."

"어려워하지 않아도 되는데 말이지. 모두 애쉬 군을 신뢰하고, 최근까지 여자아이 모습도 했었으니까."

"애쉬는 여장이 어울렸었어."

"아주 어울렸었슴다! 계속 그대로였으면 동생으로 삼고 싶을 정도였슴다!"

"그치? 난 외동이라서 그런 동생이 갖고 싶었어!"

"사부가 오면 또 여장해 달라고 하는 건 어떻슴까?"

"좋아! 애쉬 군, 오늘은 애쉬 양이 되어 주실까!"

이러며 셋이서 열을 올리고 있자——.

『페르미나 씨~!』

하고 복도에서 애쉬의 목소리가 들려왔다.

문을 열자 거기에는 애쉬가 서 있었다.

"어서 와, 애쉬 군! 왜 노크 안 했어?"

"노크하면 문을 날려 버릴지도 모르니까."

애쉬 나름의 배려였던 모양이다. 확실히 《무지개의 제왕》을 한주먹에 분쇄하는 애쉬라면 노크 한 번으로 문이 아니라 방도 통째로 날려 버려도 이상하진 않다.

"수고했슴다, 사부!"

"기다리고 있었어."

"기다리게 해서 미안해. 사람들의 팬티에 사인을 해주다 보니 늦어 버렸네. 자, 받아. 주전부리야."

육포였다.

"사부다운 주전부리임다. 왠지 힘이 붙는 것 같슴다!"

"이게 간식 맞나?"

"다들 달곰한 것을 사 올 거라고 생각했거든. 짠맛이 있으면 밸런스를 잡을 수 있을 것 같았어. 만약 남더라도 육포라면 페르미나 씨가 먹을 테니 남진 않을 것 같고. 그런데 이 샌드위치는 누가 가져온 거야?"

"누가 가져온 건 아냐. 이거, 내가 만들었어."

"일부러 만든 거야?"

"응. 맛있게 됐는지는 모르겠지만. 아무튼 다들 모였으니 파티를 시작하자! 조금만 더 기다려. 바로 준비할 테니까."

샌드위치가 주목받는 게 갑자기 창피해져서 페르미나는 화제를 돌렸다. 전원의 유리잔에 주스를 붓고——.

"그럼, 상급반 유지 축하 파티 스타트!"

건배사를 읊은 다음 주스를 쭉 들이켰다. 곧 샌드위치를 먹는다고 생각하니 긴장해서 목이 말랐기 때문이다.

(뭐, 다른 간식도 이만큼 있으니 아무도 안 먹을지도 모르지만…….)

그런 생각을 하는데 애쉬가 샌드위치를 손에 들었다.

"시, 시작하자마자 샌드위치를?"

"그럼 안 돼?"

"아, 안 되는 건 아니지만——."

"저도 먹겠습다!"

"나도 먹을래."

맛있어 보이는 먹거리가 많은데도 다들 샌드위치를 손에 들었다.

(그, 그렇게 맛있게 보이나?)

그렇게 생각하니 페르미나는 기뻐졌다. 하지만 겉보기에 맛있어 보인다고 해도 관건은 실제 맛이다.

  "어, 어때?"

  눈 깜짝할 사이에 먹어 버린 애쉬에게 페르미나는 두근대는 가슴으로 물어본다. 그러자 애쉬는 싱긋 미소 지으며.

  "맛있어!"

  "다행이다～……."

  "너무 안심하는 거 아냐?"

  "당연히 안심하지! 처음 만들어서 맛있는지 어떤지 몰랐단 말이야. ……그런데 애쉬 군은 미각에 자신 있어?"

  "수행을 지나치게 많이 해서 여러 가지로 이상해졌지만 미각은 보통인 것 같아. 봐, 다른 두 사람도 맛있게 먹고 있잖아."

  "실제로 이거 맛있습다!"

  "촉촉해서 맛있어."

  "저, 정말? 다행이다～……. 나랑 애쉬 군의 미각이 이상한 게 아니구나!"

  "내 미각은 보통이래도. 이거, 매일 먹고 싶을 만큼 맛있어."

  "확실히 이거라면 매일 먹을 수 있을 것 같습다!"

  "매일 먹어도 안 질릴 것 같아."

  즐겁게 떠들면서 다들 두 개째 샌드위치를 먹기 시작했다.

  (그렇구나～. 다들 매일 먹고 싶다 이거지～. 그럼 다음에 또 만들어 줘 볼까!)

  맛있게 샌드위치를 먹는 친구들의 모습을 보고 페르미나는 행복한 기분에 휩싸였다.

후기

  오랜만입니다, 왕코소바입니다.

  『지나치게 노력한 세계최강의 무투가는 마법 세계를 여유롭게 살아간다』 제3권을 구매해 주셔서 정말로 감사합니다.

  지금까지 등장한 적을 아득히 웃도는 강적들이 애쉬 군 앞을 가로막아서는 제3권. 독자 여러분에게 조금이나마 즐거운 한 때를 만들어 드렸다면 다행이겠습니다.

  그럼, 후기부터 읽는다는 분도 계시리라 생각하므로 스포일러가 되지 않는 선에서 3권의 내용에 관해 아주 살짝 언급하겠습니다.

  3권에서는 지금까지 등장한 마왕 중에서도 개인적으로 세 손가락 안에 들어가는 마음에 드는 마왕——『세계최강의 마왕』이 만반의 준비를 하고 등장합니다.

  세계최강의 무투가와 세계최강의 마왕——.

  이렇게 문자만 보면 격전의 예감이 드는 최강자 간의 승부의 행방이 어떻게 될지는, 꼭 본편에서 확인해 주세요.

그럼 마지막으로 감사 인사 쪽으로 이동하겠습니다.

본서의 출판에 많은 분께서 힘써 주셨습니다.

담당자님을 비롯한 집영사 대시 엑스 문고 편집부 여러분. 항상 감사합니다.

일러스트레이터 니노모토니노 선생님. 바쁘신 와중에도 멋진 일러스트를 그려 주셔서 정말로 감사합니다. 이번에 새로 등장하는 마왕들의 멋진 모습에 그만 넋을 잃고 말았습니다.

교정자님에 디자이너님, 본서에 관여해 주신 모든 관계자 여러분. 항상 진심으로 감사합니다.

인터넷 연재판에서 따뜻한 감상을 올려 주시는 여러분, 응원해 주시는 여러분, 정말로 큰 격려가 됐습니다.

그리고 무엇보다 본 작품을 구매해 주신 독자 여러분에게 깊은 감사를. 여러분께서 조금이라도 재미있으셨다면 그것이 제게 있어서 무엇보다 큰 행복입니다.

그럼 다음 권에서 무사히 뵐 수 있기를 기원하겠습니다.

2017년 그냥저냥 추운 날 왕코소바

지나치게 노력한 세계 최강의 무투가는
마법 세계를 여유롭게 살아간다 3

2023년 05월 25일 제1판 인쇄
2023년 06월 01일 제1판 발행

지음 왕코소바
일러스트 니노모토니노

발행 영상출판미디어(주)
등록번호 제 2002-000003호
주소 07551 서울특별시 강서구 양천로 570 NH서울타워 19층
대표전화 02-2013-5665

ISBN 979-11-380-2857-8
ISBN 979-11-380-1751-0 (세트)

구매 시 파손된 도서는 구매처에서 교환하실 수 있습니다.
기타 불편사항, 문의사항이 있으신 독자님께서는 노블엔진 홈페이지
[http://novelengine.com] 에서 Q&A 게시판을 이용해 주시기 바랍니다.

 노블엔진(NOVEL ENGINE)은 영상출판미디어(주)의 라이트노벨 및 관련서적 브랜드입니다.

패배 히로인이 너무 많아!

1~3

학급의 배경인 나, 누쿠미즈 카즈히코는 인기 많은 여자인 야나미 안나가 남자에게 차이는 모습을 목격한다.

"나를 신부로 삼아주겠다고 했으면서!"

"그거 언제 적 이야기인데?"

"네다섯 살쯤인데."

──그건 좀 아니지.

그리고 이 일을 시작으로 육상부의 야키시오 레몬, 문예부의 코마리 치카처럼 패배감이 넘치는 여자애들이 나타나는데──.

패배 히로인── 패로인들과 엮이는 수수께끼의 청춘이 지금 막을 연다

아마모리 타키비 지음 | **이미기무루** 일러스트 | **2023년 5월 제3권 출간**
청춘의 상상, 시동을 걸어라!

타인을 거부하는 무뚝뚝한 여자를 설교했더니 엄청 달라붙는다

1~2

교사들의 신뢰가 두터운 반 대표 오오쿠스 나오야는 반에서 겉도는 문제아 에나미 리사를 진로 면담에 출석시키라는 난제를 억지로 부탁받았다. 의무감에 말을 걸기는 했으나 에나미의 완고한 태도에 자신의 옛날 모습을 겹쳐보고 무심코 설교를 퍼붓고 마는 오오쿠스.

하지만 무슨 일인지 그날 이후로 에나미는 오오쿠스를 기다리면서 함께 가자고 들러붙게 되는데――.

"관심이 있어서. 너에 대해 알고 싶어."

타인에 대한 불신으로 똘똘 뭉친 미소녀 에나미가 마음을 열었다며 주위가 놀라는 가운데, 오오쿠스와 에나미의 어색한 교류가 시작된다.

 무코하라 산키치 지음 | 이치카와 하루 일러스트 | 2023년 5월 제2권 출간
청춘의 상상, 시동을 걸어라!